PIERRE DUZÉA

LES Nouveaux Chants de la Veillée

PARIS

LUCIEN DUC, ÉDITEUR

DE L'ACADÉMIE DES LETTRES, SCIENCES ET BEAUX-ARTS
DE LA PROVINCE

—

1893

LES NOUVEAUX

CHANTS DE LA VEILLÉE

PIERRE DUZÉ

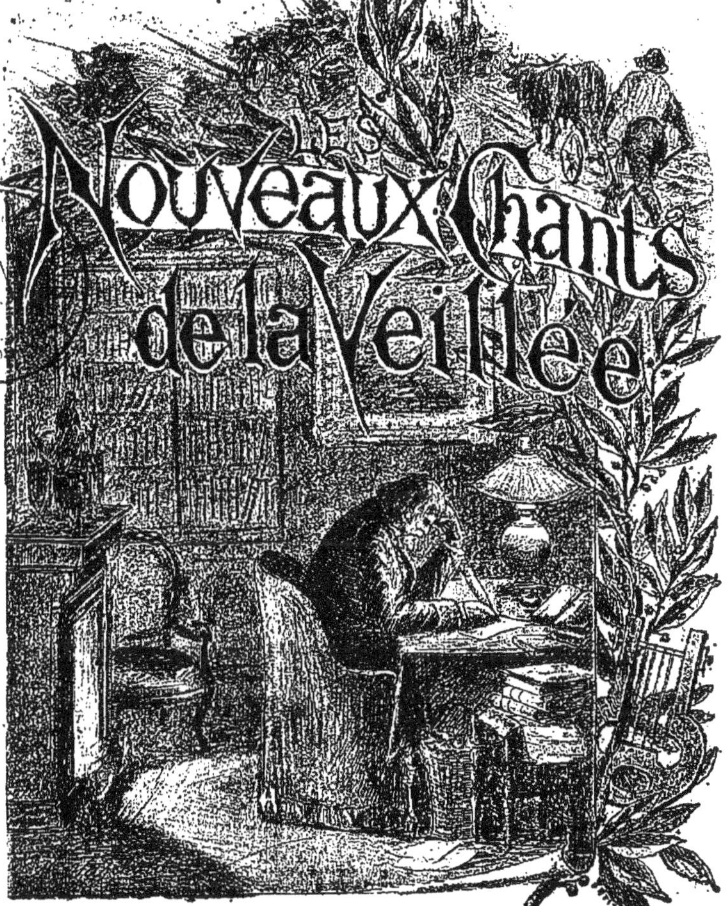
LES
Nouveaux Chants
de la Veillée

PARIS
LUCIEN DUC, ÉDITEUR
DE L'ACADÉMIE DES LETTRES, SCIENCES ET BEAUX-ARTS
DE LA PROVINCE

1893

PROLOGUE

Eh quoi! me dira-t-on, vous écrivez encore,
Et voici que paraît un volume nouveau :
Quel démon vous obsède et quel feu vous dévore,
     Aiguillonnant votre cerveau ?

Vous écrivez en vers, vous vous croyez poète,
Et d'un souffle divin vous sentant possédé,
Au-dessus des flots noirs vous élevez la tête,
     Où plus d'un sot reste attardé !

Ne vous plaignez donc pas si la Muse docile
Sous sa puissante égide et vous donnant les mains,
Dans les sentiers scabreux d'un art si difficile,
     Aplanit pour vous les chemins.

Plus d'un athlète accourt se jeter dans l'arène,
Aux muscles affaiblis, au torse atrophié,
Qui tombe comme un arbre abattu dans la plaine,
　　　Et se relève estropié.

Il faut oindre son corps, il faut blinder son âme
Et pouvoir revêtir la cuirasse d'airain
Pour affronter le feu, pour supporter la flamme
　　　Et frapper à coups de burin.

Quand on sent dans son sein le souffle qui soulève,
Qui remue et transporte ainsi qu'un coup de vent,
On peut, sur son esquif, où l'on chante, où l'on rêve,
　　　Debout, se tenir à l'avant ;

Crier à pleins poumons des strophes, des poèmes
Pour remuer la foule et pour l'émerveiller,
Pour lui dire d'avoir conscience en nous-mêmes,
　　　Que la France va s'éveiller !

Car le jour va venir des grandes épopées,
Où tout un peuple, enfin, sortant de sa torpeur,
Au monde doit bientôt montrer à coups d'épées
　　　Et son audace et sa valeur !

LA COLÈRE DES MORTS

Dans les champs, dans les bois, dans le creux des sillons,
Du sommeil éternel dorment les bataillons.

Les morts sont morts ! Du fond de leurs sombres demeures,
Ils ont vu sur leurs fronts passer les jours, les heures,
      Ils ont vu luire le soleil ;
Depuis vingt ans que gît sous l'herbe leur poussière,
Nul n'est venu, portant un flambeau de lumière,
      Les arracher de leur sommeil.

Les morts sont morts ! En vain ils ont crié vengeance
De Paris à Berlin, de la Prusse à la France,
      Personne ne les entend plus ;
L'oubli les a couverts de son linceul funeste ;
Quelques débris épars, voilà tout ce qui reste
      De ces braves, de ces élus.

Ils étaient cent, deux cents, contre douze cent mille ;
Que peut contre le nombre un Hector, un Achille,
      Un oiselet contre un vautour ?
Que peut contre les flots un fragile navire,
Lorsque sans mât, sans voile, il erre, sous l'empire
      Des vents, et la nuit et le jour ?

Dans les prés, dans les champs et dans les forêts sombres,
On dirait qu'on entend le murmure des ombres !

  .   .   .   .

Et le vent qui soufflait à travers les tombeaux
Imitait en passant les plaintes des corbeaux,

Les oiseaux noirs, souvent fourragent dans la plaine
Qu'ils aiment tant, depuis cette guerre inhumaine,
      Souvenir d'un royal festin
Où tant d'hommes tombés sur les champs de batailles,
Dorment seuls et muets, à l'ombre des broussailles,
      N'ayant plus ni soir, ni matin.

Sur les rives du Rhin, sur les bords de la Meuse,
Parfois le laboureur, dans la terre qu'il creuse,
    Soulève des débris nombreux :
Des ossements brisés, des lances, des épées,
Et des têtes sans corps, par la foudre frappées,
    Des bombes et des boulets creux.

Là, c'est un casque d'or, l'acier d'une cuirasse,
D'un uhlan, d'un Français, un reste de carcasse
    Indiquant des débris humains ;
Des pieds éperonnés, des yeux caves, horribles,
Et des bras allongés, menaçants et terribles,
    Tenant leur glaive dans les mains.

Là, des fusils brisés, dévorés par la rouille,
De larges ceinturons, noble et vieille dépouille
    D'un brave tombé vaillamment ;
Et c'est là son tombeau, son Panthéon, son Louvre,
Et sous le lierre vert qui maintenant le couvre
    Il y dort bien tranquillement.

Sous les buissons épais, sous la sombre ramure,
Ainsi qu'un bruit d'essaim frissonne la verdure !
Silence ! On entendrait une mouche voler ;
Attendez donc, les morts peut-être vont parler !
Sous les murs de Sedan, la terre en est jonchée
Vous souvient-il de la fameuse chevauchée ?...

Un squelette, couvert d'une armure d'acier,
Repose sur les flancs de son noble coursier,
Autrefois compagnon de périls et d'alarmes.
On dirait qu'on entend comme un craquement d'armes,
La terre en a frémi jusqu'en sa profondeur.
Le squelette, accoudé, secouant sa torpeur,
S'agite et se débat lentement sur sa couche,
Et, crachant tout à coup la terre de sa bouche,
Se soulève, en prenant son sabre pour appui ;
Puis, éveillant tous ceux qui dormaient comme lui,
Sa voix sonore et creuse alors les interpelle ;
Chasseurs et fantassins, étendus pêle-mêle,
Sous les verts tumulus pleins de frémissements
Font, en se remuant, craquer leurs ossements.
Le cuirassier disait : « Amis, avant la guerre,
« Dans les champs paternels je labourais la terre,
« J'aimais les prés, les bois, la vigne et le blé d'or,
« Mon toit et mon jardin, les fleurs en plein essor ;
« J'aimais, j'étais aimé : l'amour, comme un dictame,
« S'était tout doucement emparé de mon âme
« Et tout me souriait; tout à coup, les clairons
« Firent comme un éclair l'appel des escadrons ;
« De nobles sentiments mon âme étant nourrie,
« J'accourus comme vous défendre la patrie.

   .   .   .   .

« Je ne demandais rien que l'air et le soleil,
« A la nuit le repos, au matin le réveil,

« Trouvant parfait et bon tout ce que Dieu nous donne,
« Et les fleurs du printemps et les fruits de l'automne.
« Et nous sommes venus de malheur en malheur,
« Ensemble en combattant mourir au champ d'honneur.
« Il est un souvenir qui jamais ne s'efface :
« La France pleure encor la Lorraine et l'Alsace ;
« Depuis que nous dormons du sommeil éternel,
« Nos plaintes vainement s'élèvent vers le ciel.
« Plus d'amis, plus d'amour, ni fleurs, ni toit de chaume,
« Tout est fini ! Malheur à Bismarck, à Guillaume !
« A ceux qui, par orgueil, chaussant les étriers,
« Tiennent tant qu'ils vivront le monde sous leurs pieds,
« Qui du peuple, ignorant la haine universelle,
« N'ont pas vu que contre eux l'orage s'amoncelle ! »

Et remuant leurs os en un grand cliquetis,
Tous les morts répétaient : que leurs noms soient maudits !
Maudits les empereurs, les rois qu'on adonise,
Maudits ceux que l'orgueil, que la gloire électrise !
Qui de mille tourments fatiguant l'univers,
Sont grands par leurs succès comme par leurs revers ;
Qui sèment le néant, l'effroi sur leur passage,
Osent traîner leurs chars sur un champ de carnage
Et se flattent, partout où leur aigle vola,
D'imiter le Vandale ou les Huns d'Attila.

Malheur aux ennemis de la famille humaine !
Que le ciel en courroux sur leurs fronts se déchaîne ;

Que le peuple irrité, las de tous leurs travers,
Rejette enfin sur eux les maux qu'il a soufferts !
Qu'ils soient maudits, battus, frappés par la tempête
Et que le feu du ciel éclate sur leur tête !
Que le tyran s'appelle Alexandre ou César,
Frédéric, Bonaparte, il faut que, tôt ou tard,
Quand vient l'heure fatale, il sombre dans sa course.
L'eau ne remonte pas d'elle-même à sa source ;
Tout finit, tout s'en va, tout s'écroule ici-bas,
Les empires puissants, ceux qui ne le sont pas ;
Quand le destin jaloux le frappe de son aile,
Le plus fort, le plus sûr, sur sa base chancelle !

Les peuples, de nouveau reprendront leur essor,
L'aurore aux purs rayons, l'aurore aux lueurs d'or,
A tous apportera sa vivante lumière,
Et la Paix, sur le monde, étendra sa bannière.

Et sous terre, les morts formulèrent ce vœu,
Disant : le jour est près, des colères de Dieu.

Et sous les tumulus, sous les tertres humides,
Les braves, les vaillants, les guerriers intrépides
     Tressaillirent à ce discours ;
Ils approuvèrent tout, du fond de leurs ténèbres,
Et puis, se retournant sur leurs couches funèbres,
     Ils s'endormirent pour toujours !...

L'OR ET L'AMOUR

L'AMOUR

Dans l'azur idéal, je plane d'un coup d'aile,
Je rayonne aussi pur qu'un astre dans les cieux
Et je porte avec moi la divine étincelle
Que j'ai prise au foyer qu'entretiennent les dieux.

L'OR

Aujourd'hui tout se vend, aujourd'hui tout s'achète,
Et tes ailes, sans moi, prendraient en vain l'essor,
L'amour est un produit, l'amour est ma conquête,
Le vrai fascinateur, le roi, le dieu, c'est l'or.

L'AMOUR

Tu rampes, vil métal, car tu n'es que matière,
Je transforme l'esprit et j'élève les cœurs,
Je n'avilis jamais, et l'âme la plus fière
S'ennoblit au contact de mes regards vainqueurs.

L'OR

En ces jours décadents, je ne connais qu'un maître
Qui sache dans ses bras vaincre et dompter l'amour ;
Avec moi tout s'obtient ; le bonheur, le bien-être,
Sans implorer le ciel, m'assiègent tour à tour.

L'AMOUR

Non, tout ce qui se vend n'est qu'une marchandise
Et jamais de mes biens je ne fais un trafic ;
Je donne, et tout bonheur en moi se réalise,
Le véritable amour craint l'or comme un aspic.

L'OR

Que m'importe ! pourvu qu'en une folle ivresse,
Sur des lèvres de feu je dérobe un baiser ;
Je donne cent dollars pour rien qu'une caresse
Et ce n'est pas souvent que j'ai vu refuser !

L'AMOUR

D'un toit de chaume obscur, parfois je me contente,
Mais tes lambris dorés sentent la trahison
Et, repliant mon aile, abrité sous ma tente,
Je me cache et je crains d'entrer dans ta maison.

L'OR

Je change à tout propos d'amour et de maîtresse,
Vois ces beaux diamants pour les fins corselets ;
Célimène ennuyée un beau soir me délaisse,
Mais Phryné vient et prend l'or de mes bracelets.

L'AMOUR

Ah ! qu'un jour la Fortune à son tour t'abandonne,
Je veux te voir pleurer les larmes de tes yeux ;
Tu mens, sans qu'un remords seulement t'aiguillonne ;
Moi, je suis éternel et je remonte aux cieux !

A LA FRANCE

Rien n'est beau que d'aimer, d'adorer sa patrie,
C'est le devoir de tous, c'est la suprême loi ;
Non, non, je ne sais pas, ô ma France chérie,
S'il est un de tes fils qui t'aime autant que moi.

De ton amour sacré mon âme fut nourrie ;
Si je t'aime, veux-tu que je dise pourquoi
Et pourquoi je te chante avec idolâtrie ?
C'est que rien à mes yeux n'est aussi beau que toi !

Après Dieu, mon encens vers tes genoux s'élève,
Et si le ciel m'exauce, et si mon vœu s'achève,
(Un fleuron est tombé de ta couronne d'or)

Je veux voir dans ton sein tes provinces perdues,
Et qu'avant de mourir elles te soient rendues,
Afin qu'aucun joyau ne manque à ton trésor,

L'HUMANITÉ

Comme dans un écrin garni de pierreries,
J'aime avec mon esprit, en longues rêveries
Que la Muse traduit parfois en de beaux vers,
Fouiller dans ses replis et sonder l'univers.
C'est ainsi que j'apprends à connaître les hommes,
Ce qu'ici-bas l'on est et ce que tous nous sommes.
Dans sa marche, je vois courir l'humanité
Qui passe et disparaît comme un char emporté,
Qui fuit comme le vent, qui part comme un navire,
Vers l'abîme sans fin où le néant l'attire ;

Elle passe, et toujours c'est le même soleil,
Toujours la sombre nuit et l'aube au teint vermeil ;
Les astres entraînés, roulant dans leur orbite,
Les astres ne vont pas lentement ni plus vite ;
C'est toujours la clarté, la lumière des cieux
Qui traverse l'espace en rayons radieux ;
C'est toujours l'océan, la mer, les vagues, l'onde,
Sous le talon de Dieu qui fait mouvoir le monde,
Et l'univers, content et fier de son appui,
N'a pas d'autre soutien, d'autre maître que lui.

Depuis des millions de millions d'années,
Les éléments n'ont pas changé leurs destinées ;
Tout marche : c'est la loi, c'est la fatalité,
Les siècles et les ans n'ont pas de volonté.

L'homme a beau remuer, entasser la matière,
Bâtir des monuments et de fer et de pierre,
Il ne pourra jamais, hélas ! monter bien haut ;
A force de gravir, le pied lui fait défaut ;
Près de toucher au but, c'est l'heure de descendre,
Qu'il se nomme Attila, Bonaparte, Alexandre ;
A force de grandir, croyant atteindre au ciel,
Il voit sous ses genoux fondre et crouler Babel.
Il construit sur le roc des palais et des villes,
Il sonde, il entreprend des choses difficiles

Et, faisant triompher la science et les arts,
Aux confins éloignés plante ses étendards.
Le monde, il le parcourt de l'équateur aux pôles,
Il a, comme un titan, de robustes épaules,
Et quand la mort, soudain, vient le prendre à son tour,
Il ne peut l'éloigner d'une heure ni d'un jour.

Lorsque Dieu le créa : « Va, dit-il, je te donne
Pour présent l'univers entier ; je t'abandonne
Les prés, les monts, les bois, les coteaux, les vallons ;
Tu peux les partager, y planter des jalons,
Y tracer des chemins, y jeter la semence
Qui doit de ton travail être la récompense.
Tu peux, dans ton ardeur, tu peux courir les mers,
Traverser les détroits, les continents déserts ;
Sur tes puissants esquifs tu peux braver les ondes
Et dompter l'océan qui sépare les mondes ;
Tous les trésors cachés que la terre contient :
L'or, l'argent, les métaux, tout cela t'appartient.
Es-tu content de moi ? que te faut-il encore ?
Regarde l'Orient du côté de l'Aurore,
Regarde le couchant où s'endort le soleil
Dans un cercle de feu rayonnant et vermeil ;
Regarde l'horizon sans fin et sans limites,
Que tu veuilles le voir et qu'un jour tu l'habites,
Tu trouveras partout, en n'importe quel lieu,
Les bienfaits de ton père et la bonté de Dieu.

L'homme, en possession de ce vaste domaine,
Ainsi qu'un fier torrent qui s'étend dans la plaine,
Gagna de proche en proche et prit le monde entier ;
Il y planta sa tente, il y posa son pied
Et bâtit, en croyant l'œuvre définitive,
Balbeck, Thèbes, Memphis, Babylone, Ninive.
La terre se couvrit de bourgs et de cités,
L'homme fit dans son cœur des rêves enchantés.
Tranquille et plein d'espoir, perpétuant sa race,
Sur sa route, partout, il sut marquer sa trace,
Indiquant en tous lieux et malgré le destin,
Que son crâne puissant portait un sceau divin.
Il avait tout vaincu, les éléments eux-mêmes,
Découvert, expliqué, sondé tous les problèmes,
Trouvé dans les sillons le blé plein d'épis d'or
Et ravi le nectar des pampres, ce trésor ;
Fouillé les profondeurs, le ventre de la terre,
Y cherchant le métal aux arts si nécessaire.
Déjà depuis longtemps il avait découvert
Celui dont chaque jour de la vie il se sert ;
Avec le plus utile il se forgea des armes
Et ce fut son malheur, la cause de ses larmes !
Le fer qui vous défend est à double tranchant :
Il excite à l'attaque et rend le cœur méchant.

L'homme était donc heureux et content de la vie :
Mais un jour il fut pris du démon de l'envie,
Et dans l'espoir trompeur d'un plus riche butin,
Il vint à désirer les biens de son voisin.

L'ambition, bientôt, s'empare de la terre :
Les peuples agités se déclarent la guerre,
Egyptiens, Persans, Mèdes, Grecs et Romains
Se ruant tour à tour mettent le fer aux mains.
Alors on vit partout sombrer des dynasties,
Saccager des pays et des villes bâties ;
Les empereurs, les rois, avides du pouvoir,
Se battre entre eux, croyant accomplir leur devoir ;
Les peuples abêtis, de leur sang moins avares,
Se tuer froidement ainsi que des barbares.
Que de siècles perdus depuis l'antiquité
Sans que l'homme comprît, aimât la Liberté !
La Liberté ! ce bien si précieux, si juste,
On l'avait dédaignée, et cette chose auguste,
Ce trésor sans pareil, ce beau présent de Dieu,
N'avait, pour abri sûr, de place en aucun lieu.
Dès que sur une plage elle voulait paraître,
Pour la charger de fers elle trouvait un maître ;
Sésostris et Cyrus, Alexandre et César
Sur ses reins abattus ont fait passer leur char ;
Xerxès et Gengis-Khan, Annibal et Cambyse
Surent la mettre au joug : telle fut leur devise.
Mais, secouant son aile et reprenant son vol,
Comme un aigle qui part, elle changeait de sol.

Un jour, dans un pays que le sort prédestine,
Elle fit annoncer sa présence divine ;
La France l'accueillit en lui tendant les bras,
La fière Liberté ne s'en retourna pas.

Comme un arbre qui croît dans la terre humectée,
Elle resta chez nous fortement implantée,
Et comme lui, poussant des jets verts et nouveaux,
Elle nous abrita sous ses vastes rameaux.
Heureux donc les pays qui vivent sous son aile !
Qu'est un peuple enchaîné ? qu'est un homme sans elle ?
Si dans son cœur il n'a compris sa dignité,
Que du même limon chacun est enfanté,
Que nous sommes égaux devant la loi suprême,
Que la mort frappe au front sans voir le diadème,
Que le faible et le fort sont touchés à la fois,
Les sujets impuissants comme à leur tour les rois !
Ainsi l'humanité roule, perdue, errante,
Ayant blessé ses pieds sur la route brûlante
Et déchiré ses mains, souffert tous les malheurs ;
Puis, soudain, rejetant la coupe des douleurs,
Se relève aux rayons qu'enfante la lumière.
A sa tête, au sommet, la France est la première ;
Comme un phare établi sur un roc élevé,
Elle tient d'une main son flambeau soulevé,
Et de l'autre, montrant l'olivier symbolique,
Propose à l'univers la trêve pacifique.

Dans le cycle perdu des siècles et des ans,
Les astres tourneront sur leurs disques luisants,
Mais notre humanité, changeant l'ordre des choses,
Va renaître au progrès de ses métamorphoses,
Et les peuples, unis et la main dans la main,
Seront leurs maîtres seuls et sûrs du lendemain.

JÉSUS DEVANT PILATE

Les docteurs de la loi, les prêtres et les sages,
Dans le vaste prétoire, assis, debout, causaient
Tous ensemble, accablant d'insultes et d'outrages
Le Christ inoffensif et bon, qu'ils accusaient.
La foule, turbulente, agitée et cruelle
Comme elle l'est souvent, au lieu d'être l'appui
De celui qui voulut un jour mourir pour elle,
Crachait, en le voyant, sa bave contre lui.
La foule encense un jour le maître qu'elle adule ;
Comme une girouette, elle tourne à tout vent ;
Malheur quand sa colère éclate ou s'accumule,
Avec l'argent ou l'or, la tigresse se vend !

Alors elle devient méchante, impitoyable,
Et, montrant ses longs crocs comme un fauve en courroux,
Elle étend sa victime à ses pieds, sur le sable,
Lui brisant sans pitié les reins et les genoux.

On amène Jésus comme un loup dans l'arène,
Les mains, les bras liés comme un grand criminel ;
Au milieu du prétoire, on le pousse, on le traîne
Comme les condamnés, comme un simple mortel ;
Lui, le Verbe, courbé devant la foule immonde,
Humble, pâle, innocent, simple, baissant les yeux,
Celui qui, descendu, vint pour sauver le monde
Et par un nœud divin unir la terre aux cieux !

Lâches accusateurs et vile populace
Lui jettent tour à tour une insulte à la face :
Naguère, on l'acclamait sur les bords du Jourdain
Ou dans Jérusalem, comme un homme divin ;
Il marchait sur des fleurs en passant dans la rue
Ou sur des rameaux verts ; maintenant, on le hue !
Et Jésus, la bonté, l'amour, l'égalité,
Hier encor applaudi, prêchant la charité
Et la fraternité des êtres et des hommes,
Montrant ce que l'on est, hélas ! ce que nous sommes,
Disant et répétant : « Aimez-vous, aimez-vous !
Dieu nous fit tous égaux et la terre pour tous.

Il fit pour nous le ciel, les astres, la lumière
Et créa pour nourrir sa grande fourmilière
Les prés, les monts, les bois, les coteaux, les forêts,
Les plaines couleur d'or et les riches guérets.
Nous sommes les enfants des aïeux, nos grands-pères,
Qui nous ont engendrés et nous sommes tous frères ;
Nous descendons de Sem, de Japhet et de Cham,
De Lia, de Rachel, de Jacob, d'Abraham,
Et Dieu, d'un trait frappant, a marqué notre joue,
Car nous sommes pétris de limon et de boue ;
Nous sommes par le vice entraînés tour à tour
Et, tous, près de faiblir, de tomber chaque jour ;
Tous attelés au joug des choses de la vie :
Les plaisirs, les douleurs et la mort, tout nous lie ! »

Comme un flot, soulevé par le vent en fureur,
En bonds tumultueux jette à bord la terreur,
Ou comme une cavale en folie, emportée,
Ainsi la foule, ardente, anxieuse, agitée,
Se soulève en hurlant des menaces de mort.
Un jeune adolescent, criant encor plus fort,
Menace de son poing l'innocent et le juste ;
A grand peine un licteur maintient d'un bras robuste,
De sa pique d'acier, tout ce peuple acharné
Contre Jésus tout seul, par tous abandonné.
Naguère on le suivait comme un Dieu, comme un maître :
Un des siens le renie, un second devient traître

Et le vend comme un chien contre quelques deniers.
— Connaissez-vous cet homme ? Or, l'un dit volontiers :
« Je ne le connais point ! » bien qu'il fût son apôtre.
A la foule avinée, hélas ! que répond l'autre
Qui pour un peu d'argent venait de pactiser ?
— « Celui que devant vous ma lèvre va baiser,
C'est le Nazaréen ; arrêtez-le sans crainte,
Vous ne l'entendrez pas proférer une plainte. »
Voilà comment se font les crimes d'ici-bas :
Pierre est lâche et peureux ; le traître, c'est Judas !

. . . .

Ainsi l'on vendit Metz, l'Alsace et la Lorraine,
Et ce nouveau Judas, on le nommait Bazaine !

. . . .

Les sénateurs du peuple et les savants docteurs
Formaient un groupe sombre, affreux, d'inquisiteurs ;
A leurs mentons pendaient de longues barbes blanches,
Leurs tuniques de pourpre, en longs plis sur les hanches,
Donnaient à ces vieillards l'air austère et méchant ;
C'est que la jalousie est un fatal penchant ;
Bien qu'on ait l'âme forte et quelque caractère,
La haine fut toujours mauvaise conseillère.

Tenant un lourd bâton d'ivoire dans la main
Et l'agitant trois fois, le Proconsul romain

S'assied, majestueux, dans sa chaise curule.
Le silence, à l'instant, dans la foule circule ;
Pilate, s'exprimant en termes incisifs :
— « Etes-vous, comme on dit, Jésus le roi des Juifs ?
Etes-vous un prophète ou simplement un homme
Utile à son pays, soumis aux lois de Rome ?
On vous accuse d'être un fourbe, un imposteur,
Illuminé bizarre, un simple radoteur ;
Répondez ! »
                    — « Dans les bourgs, les villes de Judée,
Joignant dans mes discours la parole à l'idée,
J'ai prêché, dit Jésus, la concorde et la paix,
Qu'on doit aimer son frère, et le haïr, jamais ;
Qu'il faut rendre à César ce que César mérite,
J'ai blâmé le menteur, l'avare et l'hypocrite,
J'ai dit qu'il est un Dieu meilleur que les faux dieux,
Qui commande à la terre et gouverne les cieux.
A Naïm, à Sidon, à Tyr, en Galilée,
En plein jour, ou le soir sous la voûte étoilée,
Dans la Tibériade, en toute sûreté,
Au peuple j'enseignais rien que la vérité ;
Disant que l'homme, en lui, porte une âme immortelle,
Que la mort n'éteint pas cette vive étincelle,
Que nous ne vivons pas seulement que de pain,
Qu'en mourant aujourd'hui, l'on espère demain :
Voilà ce que j'ai dit, sans fard, sans stratagème. »
A ces mots : « Vous voyez, dit le peuple, il blasphème ;
Il mérite la mort : qu'il soit crucifié ! »
Or, Pilate, croyant Jésus sacrifié,

Mais espérant encor sauver cet homme juste,
Selon les lois d'alors, propose au nom d'Auguste
De mettre en liberté quelque grand criminel.
Espérant émouvoir les enfants d'Israël,
Il leur donna le droit, ô bêtise sublime !
De sauver par un choix l'innocence ou le crime.
Le crime eut les honneurs d'un vrai triomphe, hélas !
On condamna le Christ, on sauva Barabbas !

De même, de nos jours, en ce siècle splendide,
N'a-t-on pas vu la foule, ignorante et stupide,
Cherchant sur son chemin un dieu libérateur,
Se livrer tout entière aux mains d'un dictateur,
Et croyant voir briller l'aurore du bien-être,
Se mettre aux pieds des fers et se donner un maître ?

On méprise et l'on hait souvent l'homme de bien,
Ou celui qui du droit fut toujours le soutien ;
Triste et fatale erreur, souvent renouvelée,
Le Christ et Jeanne d'Arc, Colomb et Galilée,
Que sur un trône d'or on eût dû faire asseoir,
Las et maudits, sont morts victimes du devoir !

IN ARVIS

J'aime errer dans les champs pleins de soleil et d'ombres,
    Loin du bruit des grandes cités ;
J'aime, dans les grands bois, fouiller les sentiers sombres,
    Par les oiseaux seuls habités.

Loin des soucis cruels, du faste et de l'envie
    Dont se plaignent tous les humains :
L'insupportable orgueil, les tracas de la vie
    N'errent pas par tous les chemins.

Les hommes sont méchants et la nature est bonne :
    Dieu la créa pour nous charmer,
Pour jouir des faveurs qu'aux mortels elle donne,
    Il suffit de savoir l'aimer.

Souvent l'homme va loin, incroyable folie !
     A la recherche du bonheur ;
Souvent, dans son voyage, il s'égare et s'oublie
     Et prend la route du malheur.

Les prés verts et fleuris pour lui n'ont plus de charmes,
     Il craint les rayons du soleil,
Ignorant qu'aux plaisirs vont succéder les larmes,
     Que triste sera le réveil.

Ici règnent la paix, le bonheur, le silence
     Et la douce tranquillité ;
On peut rire, chanter, errer sans méfiance
     Et rêver avec volupté.

Si la ville ressemble à l'immense fournaise
     Où brûlent des charbons ardents ;
Ici, c'est le gazon où l'on dort à son aise,
     Sans troubles, sans bruits discordants.

Le choc des chars pesants n'ébranle point la plaine ;
     Seul, le murmure des ruisseaux
Gazouille en serpentant où la pente l'entraîne,
     A l'ombre des verts arbrisseaux.

Le soir, quand l'astre fuit, quand la nuit tend ses voiles
     Et couvre notre continent,
On peut, de mon jardin, admirer les étoiles
     Au fond du ciel tout rayonnant.

On peut, dès le matin, voir se lever l'aurore,
  Là-bas au bout de l'horizon,
Et quand l'aube apparaît, le divin Phébus dore,
  Joyeux, le toit de ma maison.

On peut ici, sans crainte, errer à l'aventure
  Et cueillir les fleurs du chemin ;
Or, si l'ennui vous prend et si le temps vous dure,
  Amis, je vous attends demain.

Il reste en mon cellier, dans une vieille amphore,
  Un vin rose et couleur de feu ;
En récitant des vers, nous en boirons encore,
  Nous en boirons en louant Dieu.

Nous lui demanderons, ô France notre mère !
  Ton salut, ta prospérité,
Et dans ton sein fécond, que tout se régénère
  Aux rayons de la Liberté !

JEANNE D'ARC

Avoir le dévoûment, l'amour de sa patrie,
Sentir naître en son cœur et grandir la vertu,
De vaillance et d'honneur avoir l'âme nourrie
Et réveiller la foi chez un peuple abattu :

Ces dons, tu les avais, vierge noble et chérie !
Et tu meurs cependant pour avoir combattu ;
Sur ta tête, Albion déchaîne sa furie...
Hélas ! dans ta chaumière, ô Jeanne ! y pensais-tu ?

La vaillance, la foi, l'honneur, c'est donc un crime ?
Quoi ! la mort pour avoir fait un acte sublime
Et de la honte même arraché son pays !

Dors et repose en paix, héroïque Pucelle !
La France te vénère ; à toi, gloire immortelle !
A tes accusateurs, le dernier des mépris.

A RAYMONDE

MA PETITE-FILLE

Le jour n'est pas plus pur que ton cœur, ô Raymonde !
Le ciel n'est pas plus bleu que tes jolis yeux bleus ;
Et le rayon qui joue avec ta tête blonde
N'est pas plus chatoyant que l'or de tes cheveux.

Ton babil si charmant, comme un ruisseau gazouille
Et répand à l'entour sa fraîcheur, sa gaîté ;
Ah ! combien il est doux, quand ta lèvre bredouille
Le nom de ton aïeul sans cesse répété !

Chère enfant, n'es-tu pas notre espoir, notre envie ?
Ainsi qu'au voyageur l'oasis du désert,
Tu viens pour adoucir les peines de la vie
Et bannir le chagrin qu'en route on a souffert.

2.

Grandis comme un roseau plein de force et de sève,
Afin, charmant trésor, que, si je pars demain,
Ton souvenir si doux me reste comme un rêve,
Comme un guide, une étoile éclairant mon chemin.

Et j'invoquerai Dieu, maître de toutes choses,
Dans le ciel où j'irai dormir du grand sommeil,
Afin que, sur tes pas, sa main sème des roses
Et, sur ton front béni, ses rayons de soleil.

MÉLANCOLIE

Je n'ai rien désiré, je ne désire rien,
    Est-ce de la folie ?
Car tout homme, ici-bas, aspire à quelque bien
    S'il aime un peu la vie.

Je n'ai jamais trouvé de bonheur qu'en l'amour,
    Mais c'est trop peu de chose ;
Car le bonheur s'envole et dure à peine un jour,
    Un jour, comme une rose !

Puisque tout passe, où donc est la félicité
    Si rare sur la terre ?
Est-ce dans la jeunesse, est-ce dans la beauté
    Qu'est ce bien salutaire ?

La beauté, la jeunesse, où donc avez-vous fui ?
       Où vous retrouverai-je ?
Charmes, plaisirs perdus, que trouble un vague ennui,
       Fardeau que rien n'allège.

Comme un beau soir s'éteint pour ne plus revenir,
       Dans la nuit noire et sombre,
Il ne nous reste plus qu'un triste souvenir
       De ces beaux jours, que l'ombre !

Que faut-il espérer ? Car je n'ai plus d'espoir
       Qu'en la vie éternelle,
Où tout se rajeunit, où tout se renouvelle ;
       Mais qui peut le savoir ?

LA MORT, C'EST LA VIE

Tout roule, tout s'en va dans la nuit éternelle,
Ce noir effondrement des choses d'ici-bas ;
La mort plane sur nous, traînant sa faux cruelle,
Et moissonne la vie, amante du trépas.

Les jours ont beau paraître et sourire à l'aurore,
Le jour est plein de sang, le sol est plein de morts,
Et, comme des épis que le beau soleil dore,
Ensemble on voit tomber les faibles et les forts.

Quelques brins, au faucheur même le plus habile,
Echappent à l'acier et se tiennent debout ;
Riche, artiste, savant, puissant, pauvre ou débile,
La mort ne laisse rien, la mort moissonne tout !

Qu'on s'appelle Solon, Socrate, Alcibiade,
Platon ou Périclès, Alexandre ou César,
Aux filets qu'elle tend, nul s'échappe ou s'évade,
Pêle-mêle, sa main nous jette dans son char.

Le temps nivelle tout : devant lui tout s'efface ;
Il use les rochers de sa lime d'airain,
Et la cruelle mort, qui jamais ne se lasse,
Marque nos fronts meurtris de son doigt souverain.

La mort est maîtresse du monde :
Son nom s'inscrit sur tous les murs,
Et nous tombons tous à la ronde,
Comme d'un arbre les fruits mûrs.
Rien n'arrête sa course folle,
Car d'un pôle à l'autre elle vole,
Traînant un convoi de damnés
Et, se tenant fière à la cime,
Elle précipite en l'abîme
Les mortels qu'elle a condamnés.

Petits Etats ou grands royaumes,
Elle pénètre et va partout,
Dans les palais et sous les chaumes,
Elle prend, elle emporte tout.

Que l'on soit de Rome ou de Sparte,
Cromwell, Frédéric, Bonaparte,
Chacun à son tour est frappé
Et, dans l'ébranlement suprême,
Trône, couronne, diadème,
Tout s'effondre, tout est sapé.

Ainsi le méchant ou le sage
Voit à ses pieds le trou béant,
La mort passe et tourne la page :
Que reste-t-il ? Vide et néant !
En vain, on court la terre et l'onde,
En vain, on étonne le monde,
Un beau jour on est arrêté :
Il ne reste de nous qu'une ombre,
Et nous allons dans la nuit sombre
Dormir toute l'éternité !

Les ans et les siècles s'écoulent
Entraînant le flot des humains ;
Memphis, Babylone s'écroulent
Avec les Grecs et les Romains,
Et dans le sang de cent batailles
On célèbre les funérailles
De ceux que la mort abattit ;
Car dans la grande chevauchée,
Elle ne fait qu'une bouchée
Du plus grand et du plus petit.

La mort est seule souveraine
De tout ce qui vit ici-bas,
Et le Christ succomba sans haine
Et paya sa dette au trépas.
Tout meurt, tout s'en va, tout succombe,
L'homme s'enferme deus la tombe
Pour y reposer à jamais ;
La mort, de tous maux le délivre,
Et c'est là-bas qu'il va revivre
Et trouver l'éternelle paix.

Il faut mourir, c'est bien, telle est la loi suprême !
Rien ne peut ajourner l'instant triste et fatal ;
Rien, si ce n'est l'amour, car l'amour seul, lui-même,
S'il n'en détruit l'arrêt, en corrige le mal.

Car l'amour, c'est la vie et c'est aussi la sève
Qui fait rougir le sang et fait battre le cœur ;
C'est le bonheur, la joie et c'est encor le rêve
Qu'on emporte avec soi triomphant et vainqueur.

Au lieu de s'entr'aider, les peuples se haïssent
Et se livrent entre eux des combats acharnés ;
Au lieu de s'adorer, les amants se trahissent,
Oubliant les serments qu'un jour ils ont donnés.

Et c'est toujours la lutte et toujours la querelle,
Au lieu de se confondre en un immense amour ;
Les hommes n'ont pas foi dans la vie éternelle,
Disant que, dans la mort, tout disparaît un jour.

Notre esprit faible y voit la fin de toutes choses
Et pourtant, ce jour-là sonne le grand réveil
Où des mystères noirs se dévoilent les causes,
Où dans notre ciel bleu luit un nouveau soleil.

La mort tant redoutée est comme une semence
Que le bon laboureur enfouit dans le sol ;
Notre corps y sommeille et notre âme s'élance
Vers la sphère inconnue et, là, reprend son vol.

Nous allons dans une onde pure
Et loin de toute iniquité,
Nous laver de toute souillure
Pour vivre d'immortalité.
L'âme, resplendissante et belle,
Sera la divine étincelle
Qui va briller sous d'autres cieux,
Comme ces étoiles sublimes
Qui scintillent dans les abîmes,
Au séjour enchanteur des dieux.

3

La mort, que personne n'envie,
Nous promet l'éternel repos ;
Elle triomphe de la vie
Et nous délivre de tous maux.
Ici, tout change, se transforme :
Le corps n'est vraiment que la forme,
Mais l'âme est la réalité,
Car elle attend l'heure dernière
Pour voir, dans sa pleine lumière,
Etinceler la vérité.

La vérité, ce grand problème
Que l'homme cherche tous les jours,
Se dévoilera d'elle-même
Et sans efforts et sans détours.
Rien d'incertain, pas de peut-être ;
A tous, Dieu se fera connaître
Dans sa grandeur, dans sa bonté,
Et l'âme, du corps délivrée,
S'envolera dans l'Empyrée
Y vivre dans l'éternité !

AU CLAIR DE LUNE

Rêveur, j'aime les soirs pleins de silence et d'ombre,
    J'aime errer dans les bois,
Quand les arbres penchés sur leur feuillage sombre
    Taisent leur grande voix.

Lorsque l'on n'entend plus sous les vastes ramures,
    Aux doux bruissements,
Que le cri des grillons, des ruisseaux les murmures
    Pleins de frémissements.

Il suffit qu'une branche effleure mon visage
    Et me donne un baiser,
Pour croire que l'Amour caché dans le feuillage
    Avec moi veut causer.

Si, dans les hauts sommets, quelque rameau soupire
       Dans les chênes, les ifs,
On dirait les accords enivrants d'une lyre
       Aux chants doux et plaintifs.

Au moindre bruit, je crois qu'une nymphe rieuse
       Tout à coup va surgir,
Et qu'en m'apercevant, la belle curieuse
       A son tour va rougir.

Car j'en ai vu plus d'une, un soir, sortant de l'onde,
       Se croyant en lieu sûr,
Etaler sur son corps sa chevelure blonde,
       Voile d'or et d'azur.

Pendant que les Sylvains et les Faunes champêtres,
       Aux cœurs voluptueux,
Riaient ainsi que moi sous les vertes fenêtres
       Des coudriers noueux.

. . . .

Où sont donc aujourd'hui ces belles fugitives
       Qu'autrefois je voyais ?
Et ces baisers ardents sur des lèvres craintives
       Que souvent je cueillais ?

Et ces rêves divins, ces longues causeries
   Sous les cieux étoilés,
En marchant deux à deux dans l'herbe des prairies,
   Les bras entremêlés ?

De tous ces biens perdus, souvenir d'un autre âge,
   Car c'était l'âge d'or,
Tout au fond de mon cœur j'en ai gardé l'image,
   Comme on garde un trésor.

Ces plaisirs d'autrefois, doux charmes de la vie,
   Comme un atome ont fui,
Et je les vois si loin qu'enfin je les oublie
   Pour toujours aujourd'hui.

  . . . .

Je n'ai plus qu'un amour qui m'exalte et me pique
   Ainsi qu'un aiguillon,
Et pour lequel j'entonne un poème lyrique
   Ardent comme un rayon.

S'il reste dans mon cœur encore une étincelle
   A mon pâle flambeau,
Je veux que, dans mon sein, cette flamme immortelle
   M'accompagne au tombeau.

Tant qu'elle brûlera dans mon âme enivrée
       De ton amour sacré,
Tu seras mon idole, ô ma France adorée
       Et mon dieu vénéré !

Je mettrai dans tes mains un laurier symbolique
       De paix et de douceur,
Et, sur ton front béni, l'auréole mystique
       Signe de ta grandeur.

Si tu veux, je ceindrai tes flancs d'un large glaive,
       Ton bras d'un bouclier,
Car nous ne savons pas ce que l'Europe rêve
       Ou veut édifier.

Je couvrirai tes seins d'une forte cuirasse,
       Dure comme l'airain,
Pour braver le Teuton qui commande à ta place
       Les frontières du Rhin.

Tu ne demandes rien au ciel que ton domaine
       Embelli par tes mains,
Et tu pleures de voir l'Alsace et la Lorraine
       Sous le joug des Germains.

Attends, l'heure viendra, terrible et solennelle,
       L'heure des châtiments !
Et pour toi, désormais, ô ma France éternelle !
       Les dieux seront cléments.

Et puis nous reviendrons encore au clair de lune,
        Parfois errer le soir,
En des couples nombreux, implorer la fortune,
        Pleins d'amour et d'espoir.

Dans les antres moussus des fontaines limpides,
        Sous les pommiers en fleurs,
Ou dans les chemins creux où les belles Sylphides
        Attirent les rêveurs ;

Ou sur les bords du lac, en des heures féeriques,
        Assemblés tour à tour,
Entonner en dansant des hymnes pindariques,
        A la gloire, à l'amour.

A MADEMOISELLE DE L...

A SON ENTRÉE AU COUVENT

Ainsi qu'un diamant dans sa gangue incrusté
Attend qu'un ciseleur le façonne et le taille,
Dis-moi, vierge aux yeux bleus qui caches ta beauté,
Ce que pense ton cœur qui dans ton sein tressaille ?

Ce monde que tu fuis, ne l'as-tu point quitté
En dépit d'un amour qu'aiguillonne et travaille
La flamme pure et sainte, urne de chasteté,
Où l'encens fume encor vif comme un feu de paille ?

Les désirs agaçants débordent malgré toi,
Ton cœur est tout saignant de l'ardente morsure ;
Belle enfant, pourras-tu guérir de ta blessure ?

Préférant aux plaisirs le cilice et la foi,
Le cloître te dérobe à nos yeux et te voile :
Tant pis ! le monde, en toi, perd une belle étoile !

LES PAYSANS

Or, pour qui nous prend-on, nous, les forts, les robustes ?
Travailleurs qui vivons de l'air et du soleil,
      Qui n'aimons que les choses justes
Et, des champs défrichés, le splendide appareil ?

      Oui, nous t'aimons, ô terre notre mère !
Toi qui rends au centuple aux peines, aux labeurs,
Tout ce que vont coûter de larmes, de sueurs,
      Les biens qu'à l'automne on espère,
      Juste présent de tes faveurs.

Inclinés, accroupis, nous te fouillons sans cesse
    Pour les arracher de ton sein ;
    Car Dieu voulut, bien à dessein,
    Ne rien donner à la paresse.

Pour noircir les raisins et pour mûrir le blé,
    Le soleil se lève à l'aurore
    Au fond du ciel immaculé ;
    Tout rougit et tout se colore,
Tout se métamorphose et sort renouvelé.

    Pour l'ouvrier opiniâtre,
Non, Cybèle n'est pas une affreuse marâtre
Qui garde dans son sein ses superbes trésors,
    Et tu sais bien, laboureur idolâtre,
Que la déesse tient compte de tes efforts.

On te blâme d'aimer la terre ta nourrice,
    De n'en point céder un arpent,
    Et l'on t'accuse d'avarice
    De ce que tu gagnes comptant.

Non, tu n'es pas prodigue ; on sait ce qu'il t'en coûte
    De lutter le long de la route
    Contre l'avenir décevant,
    Contre le ciel, contre le vent,

Contre tous les fléaux que versent les orages,
  Contre la grêle des nuages,
  Contre le froid et la chaleur,
  Contre tous les mauvais présages,
Comme un lutteur vaillant tu sais roidir ton cœur.

  Calme et froid devant la tempête,
  En attendant de meilleurs jours,
  Tu recommences tes labours,
  Car le travail est ta conquête.

Mais l'an prochain, sous de beaux épis d'or,
  Enfin renaîtra l'abondance,
  Et les tiens chanteront encor
De vieux refrains en l'honneur de la France.

  Pour combler ton bonheur,
Ton cellier s'emplira du bon vin de l'année,
  Tu béniras la destinée
D'avoir en un présent transformé ton malheur.

  Rien ne t'arrête et rien ne te rebute,
Tu te bronzes les reins sous les feux du soleil,
Et lorsque avec le soc tu termines la lutte,
Tu peux boire à ton gré ton vin rouge et vermeil.

  Les champs, les prés, les bois, ta ferme,
  Voilà ton sol ;
  Comme un oiseau qui prend son vol,
Tu les parcours d'un pas agile et ferme.

Tu vois, joyeux, tout ce qui vient,
Tout ce qui pousse et qui murmure,
Le ruisseau plein d'une onde pure,
Les fleurs et les fruits, tout s'obtient ;
Tu bénis la bonne Nature
A laquelle tu dis : tout cela m'appartient.

Regarde autour de toi : les chemins s'aplanissent ;
Tout sourit selon tes désirs,
Grange, cave et greniers s'emplissent,
Tes rejetons grandissent
Et l'amour charme tes loisirs.

Donne donc à tes fils de ton sang, de ta sève
Pour en faire des hommes forts,
Quand la revanche un jour, notre foi, notre rêve,
Sonnera l'heure des transports !

.   .   .   .

Tout s'incline, obéit à tes forces viriles ;
C'est toi qui nourris l'univers,
Les plus grandes cités, les bourgades, les villes,
En récoltant les biens divers
Que font germer du sol tes labeurs difficiles.

Ce qu'on veut posséder, il faut le conquérir ;
  C'est que tout n'est pas rose en cette vie,
  On te méprise, on te blâme, on t'envie,
      Mais souvent l'on oublie
Que rien n'arrive à point, que tout doit s'acquérir.

      Les grands bœufs sont durs à la peine,
      Lorsque courbé sur le sillon
Le vaillant laboureur les pousse et les ramène
      Sous la pointe de l'aiguillon ;
L'herbe ne tombe pas sous l'ardente faucille
      Sans qu'au front perle la sueur ;
      Et, sous la faux du moissonneur,
      Les épis que l'acier mordille
Ne vont pas au gerbier sans un rude labeur.

      Paysan, roi de tous les êtres,
Achète un nouveau champ, agrandis ta maison,
      Vieux souvenir de tes ancêtres,
      Et grave en guise de blason
      Tes vieilles armures champêtres !

A côté de l'amour du foyer paternel,
Inspire à tes enfants l'amour de la patrie
Afin qu'à notre France immortelle et chérie,
Quand sonnera pour nous le moment solennel,
Ils accourent donner et leur sang et leur vie.

Tous armés ils se lèveront
Comme en un jour de fête,
Le jour fameux où doit éclater la tempête :
Car, ô France ! jamais tes fils ne laisseront
Toucher un cheveu de ta tête !

JUIN

Pas un nuage au ciel qui cache l'horizon,
Le soleil se répand dans l'immensité bleue
Et ses rayons ardents dorent chaque maison
Bordant le gai coteau, là-bas, loin d'une lieue.

Tout sourit de beauté, tout brille de splendeur,
Le blé jaunit déjà sur sa tige penchée,
Et sur les fins bourgeons de nos vignes en fleur
Fermente la liqueur dans la sève cachée.

Ainsi que du corail, pendent aux cerisiers
Les jolis fruits vermeils, présent de la nature,
Et l'on voit en passant rougir les arbousiers
Où le doux rossignol gazouille son murmure.

Sur les bords de l'étang où croissent les roseaux,
L'onde se plisse un peu sous la brise légère ;
Les arbres ont des nids, rendez-vous des oiseaux,
Et l'ombre, où des rayons s'abrite la bergère.

Et moi je vais, pensif, le long d'un vieux chemin
Bordé de sainfoin vert et semé de verveine,
En rimant une strophe et mon livre à la main,
Respirant des zéphyrs la salutaire haleine.

Dans l'air, dans l'eau, tout vit, tout s'enivre d'amour :
L'insecte aux ailes d'or en voltigeant bourdonne,
Et le gai papillon, aux fleurs faisant la cour,
Ainsi qu'en un festin, aux plaisirs s'abandonne.

Sous les ormes, j'entends résonner dans les airs
Un chant sonore et doux que l'écho me répète,
Et la Muse, soudain, vient m'inspirer des vers
Qu'elle dicte en riant au-dessus de ma tête.

Dans les bois, dans les prés, me suivant pas à pas,
J'écarte les buissons qui frôlent son visage,
Et souvent elle vient s'appuyer sur mon bras
Dans les sentiers abrupts épars sur mon passage.

Ensemble nous causons comme des amoureux
Ayant des entretiens pleins d'une douce extase,
Et je ne connais pas de mortel plus heureux
Ayant plus en horreur et la gêne et l'emphase.

Car tout nous appartient : la terre et le soleil
Dont l'ardente chaleur caresse et fortifie,
Car tout germe, tout vient sous un rayon vermeil,
Le sol vivifié produit et fructifie.

Quand l'aurore apparaît, tout s'éveille à la fois :
Dans les champs toujours verts la nature est en fête,
Concert harmonieux de la plaine et des bois,
Des sillons attentifs aux chants de l'alouette.

Tout tressaille et renaît aux feux de Messidor :
La chaleur, c'est la vie et c'est au moins la sève
Dans le fruit qui mûrit et dans le bouton d'or,
Car la réalité prend la place du rêve.

Faisons monter vers Dieu notre encens et nos cœurs ;
Rions, car la nature a pour nous le sourire ;
Quand je sens du soleil les rayons bienfaiteurs,
J'aime, en strophes de feu, les chanter sur ma lyre.

Sachons mettre à profit les ardeurs de l'été :
Il arrive qu'un jour notre ciel devient sombre ;
Nous vieillissons, tout passe, et jeunesse et beauté,
Plaisir, ivresse, joie : il ne reste que l'ombre.

Bannissons de nos cœurs les soucis, les revers,
Dans une coupe d'or, symbole de la vie ;
Aimons-nous, aimons-nous ! Ici-bas tout s'oublie,
    Mais non l'amour et les beaux vers.

L'ORAGE

Dans l'espace éthéré couraient de noirs nuages,
Sombres, rouges, pareils aux volcans furieux ;
On entendait un bruit formidable d'orages,
Le tonnerre ébranlait et la terre et les cieux.

Les monstres entassés d'étages en étages,
En se battant faisaient des bonds prodigieux
Et, sous le choc puissant de ces béliers sauvages,
Jaillissaient des éclairs, épouvante des yeux.

Et la grêle tombait, pareille à la mitraille,
Fauchant pampres et blés, car après la bataille
Il ne restait plus rien que le deuil et la mort.

Telle est, du genre humain, l'image véridique,
Car, entre les mortels, c'est une lutte épique
Où tombent tour à tour et le faible et le fort.

LES TUILERIES

Toute chose, ici-bas, suit les vicissitudes
    Des jours, des heures et des ans,
Les vastes profondeurs comme les altitudes,
    Et les nains comme les titans.

Les grands et les petits, riches, pauvres succombent
    Dans l'ombre perdus tour à tour ;
Rien n'échappe au destin et les hommes qui tombent
    Font place à d'autres chaque jour.

Ainsi vont, malgré nous, les affaires humaines
　　Pleines d'affreux effondrements ;
Les empereurs, les rois, les princes et les reines
　　Ont aussi leurs sombres tourments.

Tout s'écroule : palais, temple, maison, chaumière,
　　Et par la rouille tout est pris ;
Des murs démantelés où s'accroche le lierre
　　Tour à tour tombent les débris.

Ce qui ne vieillit pas, ce qui vit : la mémoire,
　　Les souvenirs sont éternels ;
Et certains monuments ont aussi leur histoire
　　Burinée au cœur des mortels.

Vous souvient-il encor des vieilles Tuileries,
　　Cet antique séjour des rois,
Effondré sous le choc de vastes incendies
　　Au mépris des plus saintes lois ?

C'était, vous le savez, la superbe demeure
　　Où trônaient la force et l'orgueil,
Et pour la voir sombrer, il ne fallut qu'une heure,
　　Comme un vaisseau contre l'écueil.

　　　.　.　.　.　.　.　.　.　.　.　.　.　.　.

La main de Médicis (1) l'éleva pierre à pierre,
Et la reine puissante était justement fière
      De ses fondements de granit ;
Mais tout se meurt, tout s'use ; au temps rien ne résiste,
Tout s'écroule, et souvent à la chute on assiste
      De tout ce qui monte au zénith.

Les murs de ce palais vers le ciel s'élevèrent ;
Les ouvriers, joyeux, un beau jour l'achevèrent
      Avec son splendide appareil ;
Dans le luxe et l'orgueil, au milieu des richesses,
Des princes, des marquis, des comtes, des duchesses,
      On vit trôner le roi-soleil.

Il tomba, puis un autre accourut à sa place ;
Ici-bas tout finit, ici-bas tout s'efface,
      Les trônes sont bien chancelants :
Louis-Seize, ébranlé sur le sien qui vacille,
Sent que le piédestal jusqu'à sa base oscille,
      Sous le choc des marteaux sanglants.

Et le peuple, en un jour d'effrayantes orgies,
Dans sa colère y vint laver ses mains rougies
      Dans les auges de marbre et d'or ;
Des sandales des rois balayant la poussière,
Il jetait, furieux, les débris dans l'ornière :
      Vainqueur, il chantait son essor.

(1) Catherine de Médicis.

Le colosse arriva ; son coursier de bataille
L'apporte en galopant au sein de la mitraille,
   Eperonné par son talon ;
Tout se sauve, tout fuit, tout part devant son glaive ;
L'Europe, épouvantée, un jour enfin se lève
   Pour enchaîner Napoléon.

Ce palais fut longtemps le témoin de ses gloires ;
Souvent il y revint au retour des victoires
   Qu'il gagna dans tout l'univers ;
De drapeaux, de lauriers il en couvrit le faîte ;
Tout à coup, il entend sonner dans la défaite
   L'heure fatale des revers.

Que de fois, dans son île et dans ses rêveries,
L'exilé dut songer aux belles Tuileries
   Que jamais il ne put revoir !
Peut-être y pensait-il, illusion cruelle,
Lorsque l'ardente mort l'étendit d'un coup d'aile
   Sur son rocher de désespoir.

Des rois, presque sans nom et sans valeur aucune,
Sont venus tour à tour subir leur infortune
   Et partager le même sort ;
Ils ont fui dans l'exil loin de cette demeure,
Comme un oiseau qui cherche une plage meilleure
   Et qui n'y trouve que la mort.

Croyant à son génie et comptant sur lui-même,
Un autre (1) osa couvrir son front du diadème
      Pour le malheur de son pays ;
Comme un damné maudit que l'on met à la porte,
Une épave sans nom que la marée emporte,
      Il fut chassé par le mépris.

Et Paris, dans un jour d'erreur et de colère,
Las de tous ses malheurs et fou de sa misère,
      Brûla le palais enchanté ;
Pendant qu'au ciel montait la flamme vengeresse,
Notre France, abattue et pleurant sa détresse,
      Vit renaître la Liberté !

Ainsi tout disparaît, chaque jour tout s'efface,
Et dans un siècle ou deux on cherchera la place
      Où paradaient les empereurs ;
Peut-être y verra-t-on, dans un autre édifice,
Le saint temple des lois, règne de de la justice
      Et fin de toutes nos erreurs ?

. . . .

Ainsi vont tour à tour les grandeurs de ce monde
      Se confondre dans le néant ;
La maison, le palais et l'empire qu'on fonde,
      Le grand, le petit, le géant.

(1) Napoléon III.

Dieu, sois béni trois fois de ta volonté sainte,
    Car tous les hommes sont égaux ;
Nul ne doit, ici-bas, proférer une plainte
    De ses peines, de ses travaux.

On a beau s'appeler Bonaparte ou Guillaume,
    Il faut laisser tout ce qu'on a :
Qu'on habite un palais, un simple toit de chaume,
    Alexandre comme Attila !

Aimons-nous donc, aimons la France notre mère,
    Ayons tous les mains dans les mains ;
La Gaule, mes amis, enfin se régénère
    Aux yeux des Saxons, des Romains.

Nous voulons une paix sûre, honorable et sage
    Qui change et transforme un Etat ;
Qui laisse au peuple un peu de bonheur en partage,
    Aux autres, remplir leur mandat.

Elle n'a pas besoin de glaives ni d'épées,
    C'est la nourrice des humains,
Et quand, de son lait pur, leurs lèvres sont trempées,
    Elle unit Français et Germains.

C'est elle qui refait, relève les patries,
    Sans cris, sans murmures, sans bruits,
Ne s'inquiétant pas s'il faut des Tuileries
    Pour les trônes qui sont détruits.

A PROPOS DE DÉSARMEMENT

Enfin, l'homme épuisé regardant en arrière :
Est-ce Dieu, se dit-il, qui trace la frontière
        Qui sépare entre eux les humains ?
Pour un lambeau de sol réveillant la querelle,
Faut-il entretenir une haine éternelle
        Et bientôt en venir aux mains ?

Les mortels, affamés de sang et de carnage,
Vont-ils de leurs débris se faire le partage,
        Pareils à des loups furieux ?
Et mordant tour à tour la poussière sanglante,
Voir leur patrie en deuil, trahie et chancelante,
        Pour plaire aux rois ambitieux ?

4

Ont-ils, depuis Caïn toujours faisant la guerre,
Assez jeté leurs chairs et leurs os dans la terre
   Ainsi qu'un engrais bienfaisant ?
Vont-ils recommencer, des pôles aux tropiques,
En lions furieux, des batailles épiques
   Comme on en vit jusqu'à présent ?

Des peuples d'ici-bas, telle est la sombre histoire ;
Que de fleuves de sang, pour acquérir la gloire,
   N'ont pas fait répandre les rois ?
Combien d'hommes sont morts, de femmes égorgées,
De trônes renversés, de villes saccagées
   Au mépris de toutes les lois !

Qu'ont fait Napoléon, Frédéric ou Guillaume ?
Car il ne suffit pas d'agrandir son royaume
   Pour peindre et dorer son blason ;
Dépouiller son voisin des choses qu'il possède
Est un crime ; à son tour le vainqueur, vaincu, cède
   Et voit s'écrouler sa maison.

On veut toujours monter, mais il faut redescendre,
Et les beaux lauriers d'or sont voilés par la cendre,
   Signe de misère et de deuil ;
De triomphe en triomphe on a couru le monde :
Un beau jour le navire, à la merci de l'onde,
   Va se briser contre un écueil.

L'ambitieux que rien ne rebute et n'arrête
Ne peut, d'un seul instant, retenir la tempête
   Toujours prête à fondre sur lui ;
Pendant que sous ses pieds il tient la terre entière,
Tout à coup le destin courbe sa tête altière :
   Le tyran n'est rien aujourd'hui.

Pourtant, un vent de paix et de douce rosée
Souffle du nord au sud sur l'Europe épuisée,
   Lasse, mais toujours en éveil ;
Et pliant sous le poids des soucis, des alarmes,
Elle semble vouloir enfin briser ses armes
   Dont l'acier reluit au soleil.

Tout ce qu'elle a forgé dans l'ardente fournaise,
Comme un mont de granit, sur son épaule pèse
   Et peut-être va l'écraser ;
Ses flancs ne peuvent plus supporter la cuirasse,
Son bouclier est lourd, son glaive l'embarrasse,
   Elle voudrait se reposer.

De l'Oural aux Balkans, de la Sprée à la Seine,
Des peuples irrités rien n'éteindra la haine,
   Si l'on n'arrache de leur main
Ces engins de la mort, instruments de misère
Qui servent d'aiguillon à l'ardente colère
   Des Français comme des Germains.

Le bruit en court, si l'on en croit la Renommée ;
Peut-on faire la guerre, en effet, sans armée,
      Peut-on se battre sans soldats ?
Allemagne, veux-tu désarmer la première
Et sur sa hampe d'or replier ta bannière
      Et ne plus rêver de combats ?

Tu donnerais au monde un exemple superbe,
Aux yeux de l'univers tu grossirais la gerbe
      De tes exploits si merveilleux ;
Au lieu de t'abaisser, tu grandirais encore,
C'est par le bien qu'il fait qu'un grand peuple s'honore
      Et triomphe des orgueilleux.

Les nôtres reprendront l'outil et la charrue,
Quand, de tes pieds, l'empreinte à jamais disparue,
      Ne souillera plus notre sol ;
Lorsque tes légions, vers les plaines stériles,
Vers tes sombres forêts, dans tes bourgs, dans tes villes,
      Auront là-bas repris leur vol.

Pour que la haine, enfin de nos esprits s'efface,
Teutons, abandonnez la Lorraine et l'Alsace :
      Alors nous signerons la paix ;
Mais si vous ne rendez ce fleuron à la France,
Nous laisserons couver dans nos cœurs la vengeance,
      Et, pour nous, désarmer, jamais !

LA NATURE

Amant passionné de celle que j'adore,
Pour elle j'ai gardé mon amour et ma foi ;
Rien ne peut l'égaler ; je l'aime et je m'honore
    De vivre sous sa loi.

C'est une enchanteresse à nulle autre pareille,
Tout en elle est beauté, tout en elle est divin ;
Sa parure s'étale ainsi qu'une merveille
    Dans un superbe écrin.

Ainsi qu'un ciseleur qui taille un marbre informe,
Le moulant selon l'art pour charmer ses loisirs,
Contemple en souriant le bloc qui se conforme
    Au gré de ses désirs :

4.

Ainsi Dieu, dans ses doigts, te pétrit, ô Nature !
Splendide comme tout ce qui sort de ses mains,
Et tu restes toujours belle dans ta parure,
    O mère des humains !

Tout est simple dans toi, superbe et grandiose,
De l'étoile qui brille au fond du firmament,
De l'océan qui gronde au gai grillon qui cause
    Un frais gazouillement ;

Du torrent qui mugit au lac doux et tranquille,
Du lion redoutable au simple vermisseau,
Du plus humble des bourgs à la plus grande ville,
    Du chêne à l'arbrisseau ;

Du splendide soleil, ce foyer de lumière,
Du jour clair et serein qui succède à la nuit,
Des astres éloignés poursuivant leur carrière,
    A la lune qui luit ;

Du coteau qui s'allonge et se perd dans la plaine,
Aux monts audacieux qui vont toucher le ciel,
De l'aigle au vol puissant à l'abeille qui traîne
    Son lourd fardeau de miel ;

Du volcan qui tressaille et soulève la terre,
Du zéphire léger au notus en fureur,
Du silence des bois au courroux du tonnerre,
    Père de la terreur ;

De la mer aux flots bleus se perdant sur la grève,
Du fleuve aux blondes eaux qui fécondent ses bords,
De l'Océan profond qu'Eole en vain soulève
    En d'épiques efforts ;

Des palmiers du tropique aux plantes rabougries,
De l'hiver plein de brume au printemps en essor,
De la vigne superbe étageant les prairies
    Aux riches moissons d'or :

Tout est beau, tout est grand dans la belle nature
Et de son sein jamais la source ne tarit ;
Elle a, pour les mortels, le charme et le murmure
    D'un enfant qui sourit.

Pour que dans ses secrets on puisse la comprendre,
Ainsi qu'une maîtresse, il faut savoir l'aimer,
Et les mille trésors que sa main va répandre
    Sont là pour nous charmer.

Elle nous donne tous les biens qu'elle possède,
    Le blé d'or et le vin,
Pourvu qu'on lui demande, au besoin qu'on l'obsède,
    Ce n'est jamais en vain.

Comme elle est belle à voir au lever de l'aurore,
Quand les premiers rayons descendent sur les fleurs
Et qu'un nuage blanc lentement s'évapore
    De la rosée en pleurs.

Qu'elle est belle le soir, lorsque sur son quadrige
Emporté dans son vol, Phébus rutilant d'or,
Au fond de l'Occident, dans le ciel se dirige
   Et sur nos fronts rayonne encor !

Qu'elle est belle le jour, quand la lumière ardente
Répand sur les coteaux la vie et la chaleur,
Et qu'en des flots d'azur elle court et serpente,
   Intangible lueur !

Qu'elle est belle la nuit, quand Diane se lève,
De sa rouge clarté perçant l'horizon noir,
Quand, sous les arbres verts et pleins d'ombre, l'on rêve
   Sans s'en apercevoir !

Tout germe, tout grandit : partout la sève abonde,
Dans les champs, dans les bois, dans les airs, dans les eaux.
La mort, quand elle vient, la mort même féconde
   Les pierres des tombeaux.

Voilà pourquoi je t'aime, ô Nature, ô ma mère !
Et quand je partirai d'ici-bas à mon tour,
C'est dans ton sein fécond et béni que j'espère
   Me réveiller un jour.

SPLEEN

J'ai beau, dès le matin, entr'ouvrir ma fenêtre
　　Et laisser le soleil
De sa douce chaleur envahir tout mon être,
　　Je suis triste au réveil.

Le jour est beau pourtant, tout vit dans la nature,
　　Tout rayonne à la fois ;
Tout s'éveille et tout rit, tout résonne et murmure,
　　Dans les champs, dans les bois.

Les fleurs ont beau s'ouvrir aux rayons de l'aurore,
　　Sous le ciel embaumé,
Et les oiseaux joyeux ont beau chanter encore,
　　Mon cœur reste fermé.

Partout j'entends, partout, ainsi qu'un gai sourire,
    Des bruits mystérieux ;
Et moi, j'ai des frissons, des plaintes dans ma lyre
    Et des pleurs dans les yeux !

C'est que, rêveur, souvent je raisonne et médite,
    Trouvant à chaque pas
Que tout change, tout fuit, que l'heure passe vite :
    Tout s'envole ici-bas !

On a beau s'enivrer des plaisirs de la vie,
    Tout est bien aujourd'hui ;
Mais demain, si le vent tourne, hélas ! tout s'oublie ;
    Que reste-t-il ? L'ennui !

Car les plaisirs souvent sont mêlés de tristesse
    Et de sombres chagrins,
Et le char qui nous porte, au moindre choc s'affaisse
    Et nous brise les reins.

Où donc est le bonheur ? Difficile problème
    A résoudre, à chercher ;
L'énigme, c'est le but à découvrir quand même
    Et qu'il faut décocher...

Aimer, aimer ! amis, tout est là sur la terre,
    Car l'amour, c'est le ciel !
Sans lui tout n'est ici qu'illusion, chimère,
    Qu'amertume et que fiel.

L'amour suave et vrai, l'amour pur et sans tache,
Eternel et sans fin,
Qui transporte les cœurs, qui vient sans qu'on le sache,
Comme un rêve divin.

Sans lui, sans lui la vie est un triste passage
Semé de mille erreurs ;
Bienheureux est celui qui ne fait pas naufrage,
Tant les flots sont trompeurs.

Aimons-nous donc, avant d'aborder l'autre rive
Où tout cesse et finit,
Tout en nous souhaitant que l'heure soit tardive,
Quand tout s'évanouit.

LE PATRIOTISME

Quand la patrie en deuil fait un appel suprême
Et crie à ses enfants pleins d'audace et de foi :
« De mon front menacé, détournez l'anathème,
Sans vous, je vais périr ; venez et sauvez-moi ! »

Quel est le citoyen, frémissant en lui-même,
Qui dans son âme émue et palpitant d'effroi,
Ne réponde à ses cris : O mère, ô toi que j'aime,
Vois, j'accours tout armé me ranger sous ta loi.

Suivre sans murmurer le drapeau qu'elle arbore,
Tout quitter : son foyer, la femme qu'on adore,
Tout, et blinder son cœur de courage et d'espoir ;

Tout lui sacrifier, sans orgueil, sans cynisme,
Et mourir s'il le faut en faisant son devoir :
Amis, voilà, je crois, le vrai patriotisme.

LA FORCE EST TOUT

Nul ne peut contester la puissance d'Alcide,
    La terre entière en fait l'aveu ;
Dans les rudes biceps la volonté réside,
    La force est le sceptre de Dieu.

Rien sans elle, dût-on remuer un atome :
    Le bras de l'homme est un levier
Et, sans lui, tout mortel ne serait qu'un fantôme,
    Pour obéir et pour plier.

Avec lui tout succombe, avec lui tout se ploie,
    Les êtres et les éléments,
Et c'est pour les dompter que la force s'emploie
    Dans les moindres évènements.

L'homme, dès son enfance, a besoin pour ses veines
     D'un sang rutilant dans son cœur,
Et rouge, il doit monter comme la sève aux chênes,
     S'il veut un jour être vainqueur.

Les Romains et les Grecs, les Francs à tête blonde
     Avaient des poitrines d'airain ;
Parce qu'ils étaient forts, ils ont vaincu le monde,
     Marqué du fer de leur burin.

Si, malgré son savoir, dans les grands cataclysmes,
     Dieu, d'un bon bras ne l'a pourvu,
L'homme faible ne peut, eût-il tous les cynismes,
     Résister au choc imprévu.

La chaleur et le froid, la faim, la soif cruelle
     Sont les épreuves du guerrier ;
Le pic lourd, le marteau, l'enclume et la truelle
     Sont les jouets de l'ouvrier.

Habituons nos fils aux peines les plus dures
     Pour être forts entre les forts,
Car vous entendez bien les sinistres murmures
     Dont tremblent peut-être les morts.

Ne nous endormons pas dans une folle ivresse,
     Car le réveil serait fatal ;
Elevons nos esprits, surtout veillons sans cesse,
     Et le reste nous est égal.

Car le jour va venir, le jour des grandes choses
  Que nous présage l'horizon ;
France ! nous sommes prêts, de tes fils tu disposes :
  Vois comme ils gardent la maison !

Ils n'ont qu'un cœur, tes fils, tes enfants n'ont qu'une âme
  Pour t'aimer et pour te servir ;
Ils n'attendent qu'un ordre et sur leur oriflamme
  Ils ont inscrit : vaincre ou mourir !

LE CHÊNE

Quand de l'arbre géant la sève est épuisée,
Qu'il se dépouille et perd sa verte frondaison,
Qu'en vain son front puissant boit la douce rosée,
Ses feuilles tour à tour tombent sur le gazon.

Il se meurt, il est mort, et sa tête brisée,
Des vents et des frimas ne peut avoir raison ;
Le titan devient nain, et sur sa base usée
Il croule et tombe ainsi qu'une vieille maison.

Mais à côté de lui, dans l'humus et la mousse,
Se dressant vers le ciel, un gland se lève et pousse
Qui sera sur la terre un chêne dans cent ans.

Telle est, mes chers amis, l'image de la vie,
On vient et l'on prospère, on part et tout s'oublie,
On meurt, mais près de nous grandissent les enfants.

LES SAISONS

La nature fait bien les choses :
Le soir, la nuit, l'aube et le jour ;
Au printemps reviennent les roses,
Et par l'effet des mêmes causes
Avec lui s'éveille l'Amour.

L'été fait fleurir les prairies,
Tout naît dans un rayon vermeil,
Et l'esprit voit en rêveries
Les ballades et les féeries
De tout ce qui vit au soleil.

Or, voici qu'arrive l'automne :
Allons cueillir les raisins roux ;
Dieu ! la vendange sera bonne,
Gloire à lui ! Les biens qu'il nous donne,
Tous les Teutons en sont jaloux.

Enfin l'hiver, le froid, la neige,
Les jours tristes de la saison,
Et c'est l'ennui qui nous assiège
Avec son sinistre cortège
Qui s'installe en notre maison.

Ainsi vient et finit l'année,
Tout passe et s'envole ici-bas ;
L'homme court à sa destinée,
Tout en célébrant l'hyménée
De la vie avec le trépas.

LE BON SAMARITAIN

Evangile selon St Luc, chap. x

Je vais vous raconter une très vieille histoire,
Mais pleine de bon sens et de moralité ;
Je la tiens de Saint Luc et c'est un fait notoire
Qu'en m'exprimant en vers, je dis la vérité.

Sur les bords du Cédron, au pays de Judée,
Entre Jérusalem, non loin de Jéricho,
Sur la route aux contours de palmiers nains bordée
Et de rochers abrupts, ces amis de l'écho,
Passait un homme, allant sans doute à ses affaires,
Dans la nuit, regardant les étoiles du ciel ;
Brave, et ne songeant point qu'en ces lieux solitaires
On le prendrait pour but d'un projet criminel.

Simple, il ne portait point de ces armes qu'on forge
Et que pour se défendre on suspend au côté ;
Tout à coup, une main le saisit à la gorge
Et par quatre bandits il se sent arrêté.
On le frappe, on l'étend tout sanglant sur l'arène,
Il reste renversé sous leurs coups inhumains ;
On le dépouille ; il sent, tout en perdant haleine,
L'horrible frôlement de leurs doigts, de leurs mains.
Et là, dans le fossé, demi-mort, on le laisse
Comme on jette au dehors un vulgaire débris ;
Tel au champ de bataille un blessé qui s'affaisse,
Le front noir et sanglant et les membres meurtris.

Il râlait, accablé ; la fraîcheur de l'aurore
Vint lui rendre les sens et la vie à la fois,
Bien qu'il ne pût bouger et se lever encore
Et que le sang qu'il perd eût étranglé sa voix.
Enfin, le jour paraît, il va mourir sans doute
Si nul ne vient à lui, l'aider, le secourir ;
Tout à coup, il entend qu'on marche sur la route,
Ciel ! c'est un prêtre, il va s'empresser d'accourir,
De lui tendre la main et d'arroser sa bouche
Et d'étancher le sang qui coule de son corps,
De l'arracher, enfin, à cette horrible couche
Où depuis un instant il souffre mille morts,
Car un prêtre, ce doit être la bonté même :
Désintéressement, douceur et charité,
Un homme qui s'oublie entièrement, qui n'aime
Que son prochain, qu'il tient sous son aile abrité.

Q vaine illusion ! ô fatale chimère !
Un prêtre au cœur de roc ne doit pas s'attarder,
Cet homme qui gît là, cet homme est-il son frère ?
Et le voilà qui passe, hélas ! sans regarder,
Sans voir si c'est un Juif, un païen, un profane,
Sans paroles d'espoir, de consolation,
D'amour et de bonté, cette céleste manne
Qu'apporte dans un cœur une bonne action.

Comme un loup qu'on poursuit, il avait pris la fuite
Lorsque l'infortuné, l'âme et les yeux en pleurs,
En fixant l'horizon voit venir un lévite.
Oh ! celui-ci prendra pitié de ses douleurs :
Du temple, n'est-ce pas un disciple fidèle ?
Peut-être saura-t-il mieux remplir son devoir ?
Un oiseau garde bien ses petits sous son aile,
Qui donc voudrait laisser un blessé sans espoir !
Un chien se noie, on court l'arracher à l'abîme ;
Lui, le laissera-t-on sans vouloir le sauver ?
Le ciel a-t-il encor besoin d'une victime ?
Pourquoi d'un fiel amer voudrait-il l'abreuver ?
Hélas ! hélas ! malheur, déception cruelle !
Sans un regard ami le lévite a passé ;
Aux meilleurs sentiments il est aussi rebelle
Et de faire le bien son cœur serait froissé.

5.

Alors, sentant son front ceint de voiles funèbres
Et luttant vainement dans un dernier effort :
« Endormons-nous, dit-il, dans la nuit des ténèbres,
« Puisqu'il le faut, cherchons le salut dans la mort ! »

Plein d'une sueur froide, il ferma la paupière,
Un horrible frisson courait dans ses cheveux,
Ses yeux ne pouvaient plus distinguer la lumière,
Ses muscles tressautaient de mouvements nerveux,
Car il ne lui restait plus qu'un souffle de vie...

Il entendait pourtant comme un bruit singulier
Résonner doucement dans sa tête affaiblie,
Imitant sur le sol les pas d'un cavalier
Ou le bourdonnement lointain d'une tempête ;
On dirait le galop d'un coursier qui bondit,
Son pied frappe la terre et tout à coup s'arrête :
Sur le sable, à sa place, un talon retentit.

Le mourant sent alors une main qui le touche,
Qui soulève son front plus pâle que la mort,
Il ne voit pas, il sent qu'on verse dans sa bouche
Un nectar qui l'arrache au sommeil dont il dort,
Qu'on réveille ses sens, qu'on soutient son épaule
Et qu'on lave son corps tout meurtri, tout sanglant,
Et qu'un doux son de voix l'appelle et le console,
Ramenant à l'espoir son pauvre cœur tremblant :

« Viens, ami, lève-toi, ne suis-je pas ton frère ?
« Regarde, ouvre les yeux, courage, tu vivras ;
« Je veux te rendre aux tiens, ta vie est nécessaire
« A ta femme, à tes fils que demain tu verras
« Pour cueillir leurs baisers, pour leur rendre la joie.

Au pauvre, ainsi parlait le bon Samaritain :
Il venait à la mort de soustraire sa proie
Et d'arracher un homme aux griffes du destin.
Puis, prenant le blessé dans ses bras, il l'enlace
Doucement pour ne point raviver sa douleur ;
Sur les reins du coursier il le met à sa place
En lui disant encor des mots pleins de douceur.
Marchant près du malade étendu sur la selle,
Il l'avait recouvert des plis de son manteau,
Pour conserver en lui la dernière étincelle
Et pour le disputer aux portes du tombeau.
Et cet homme au cœur d'or, dont l'âme est attendrie,
Croyant de n'avoir fait qu'à moitié son devoir,
Conduit l'infortuné dans une hôtellerie,
Disant : « Ayez-en soin, je reviendrai le voir.
Lorsqu'il sera guéri, car j'en ai l'espérance,
Quel qu'il soit : Juif, Gentil, Benjamite, Arien,
Je me fais un honneur de payer la dépense
Et d'engager pour lui ma fortune et mon bien. »
A ces mots il partit.

Telle est la parabole
Que fit un jour le Christ aux docteurs de la loi.
Cet exemple soutient, cette histoire console ;
Amis, je vous le dis : s'il vous reste la foi,
Du bon Samaritain imitez le modèle.
L'argent bien dépensé n'est pas argent perdu,
Car le bien que l'on fait nous est toujours rendu
Le jour où nous partons pour la vie éternelle.

A MON AMI R. J. J. D.

Ami, les jours sont courts, tout passe, tout s'oublie
     Et tout s'évanouit ;
Souvent en rose on voit les choses de la vie
     Et tout nous éblouit.

Mais lorsque le bonheur entre par notre porte,
     Ami, gardons-le bien
Et faisons que jamais de chez nous il ne sorte,
     Car sans lui tout n'est rien.

Comme on cherche une étoile au fond du ciel penchée,
     Longtemps tu l'as rêvé,
Et, comme une humble fleur dans la mousse cachée,
     Enfin tu l'as trouvé.

Marche et va sans détour, tu tiens la bonne corde,
 Les chemins sont pierreux,
Et fuis, pour éviter qu'un serpent ne te morde,
 Les sentiers tortueux.

Cueille, cueille les fleurs sans toucher aux épines ;
 Un moucheron malin
Parfois se cache au fond des roses purpurines
 Et porte un noir venin.

On a beau désirer tous les biens de ce monde,
 Rien n'est plus fugitif ;
La fortune est souvent mobile comme l'onde
 Que disperse un récif.

Un jour, comme un rayon, au sein de ta demeure
 Le bonheur est entré ;
Peux-tu dire : je l'ai, je le garde à cette heure
 Comme un dépôt sacré ?

Parfois dans le ciel pur passe un nuage sombre
 Qui cache le soleil ;
Pour troubler notre joie, il ne faut rien qu'une ombre,
 Et triste est le réveil.

Combien ont vu l'espoir aux ailes déployées,
 Rêves délicieux,
Folles illusions par les vents balayées,
 Poindre et s'enfuir loin d'eux !

Car l'homme en ses désirs est avide et tenace,
    Mais il est inconstant ;
De tout il se dégoûte et de tout il se lasse,
    Jamais il n'est content.

Or, à d'autres, laissons le souci des affaires,
    Elevons nos esprits ;
Viens dans ma barque, ami, ses voiles sont légères,
    La brise enfle leurs plis.

Ensemble, allons, partons sur la mer de la vie,
    Confions-nous au sort !
Et surtout évitons les écueils de l'envie
    Avant d'entrer au port.

Evitons les récifs et le cap des tempêtes :
    Tout est peine ici-bas !
Et que les doux rayons du soleil sur nos têtes
    Illuminent nos pas !

Couronnons-nous de fleurs, ayons le gai sourire
    En chantant des refrains ;
Consacrons à la France et ton luth et ma lyre,
    A la gloire de ses destins.

L'UNIVERS

Le ciel est si profond, si vaste l'étendue,
Et l'espace est si grand, et si beau l'univers,
Que je ne sais comment, tant l'âme est confondue,
Tant l'esprit est troublé, l'exprimer en des vers.

Quel œil pourrait sonder l'immensité perdue,
Les soleils inconnus et les astres divers,
L'horrible profondeur dans le vide épandue,
Les archipels sans fin, les océans, les mers?

Vanité, vanité de la science humaine !
Le plus savant sait-il où son regard le mène
Sur la route infinie où se perd l'horizon ?

Lorsque du firmament il déchire les voiles
Et qu'il découvre au ciel des millions d'étoiles,
Celui qui te renie, ô Dieu ! n'a pas raison.

LES MARTYRS
OU
LA DERNIÈRE PRIÈRE

Sur les mille gradins du vaste Colisée
Où grouille en flots épais une foule blasée
    De spectacles toujours sanglants,
Un empereur romain, sur son trône d'ivoire,
Comme un rocher debout domine un promontoire,
    Regarde les martyrs tremblants.

Néron, Caligula, le nom est peu de chose :
Il leur importait peu d'effeuiller une rose,
    Pas plus que d'ouvrir un tombeau ;
Il leur importait peu de commettre des crimes,
Leurs yeux ne voyant pas si le sang des victimes
    Faisait tache sur leur drapeau.

L'étendard aux longs plis s'étend sur l'hippodrome
Sur lequel, en gros traits, brille le nom de Rome
      Maîtresse de tout l'univers ;
La première, dit-on, par ses lois, sa sagesse,
Ses poètes, ses arts, ses guerriers, sa noblesse,
      La dernière par ses travers.

Elle avait tout dompté sur la terre et sur l'onde :
Les peuples et les rois, mis son pied sur le monde
      Qu'elle tint longtemps écrasé ;
Croyant, dans son orgueil, sa puissance éternelle,
Elle vantait ses dieux, redoutables comme elle,
      Dans son grand cirque pavoisé.

Car elle avait partout promené sur la terre
Ses dieux de bronze et d'or, ou de marbre ou de pierre,
      Qu'elle taillait de son burin,
Sans savoir qu'au-dessus de la matière infime
Il est un Dieu puissant, bon, unique et sublime,
      Des éléments seul souverain.

Car ce Dieu tant promis, prédit par le prophète,
Et qui devait du monde assurer la conquête
      Avait paru dans Israël :
Il venait racheter les hommes du servage,
Et, prêchant la vertu dont il était l'image,
      Rapprocher la terre du ciel.

Et le Christ avait dit qu'un citoyen, qu'un homme
Peut respecter César, suivre les lois de Rome,
        Mais qu'il est libre dans son cœur
De n'adorer qu'un Dieu, maître de la nature,
Et de mourir plutôt que d'être un jour parjure
        Aux genoux même du vainqueur.

Telle était Rome alors, si grande et si puissante,
Rome civilisée, encor si florissante
        Et si barbare dans ses mœurs :
Puisque son peuple, las de toutes ses conquêtes,
Ne lui demandait plus que du pain et des fêtes
        Et des jeux de gladiateurs.

Les apôtres du Christ lui servirent de cible,
Nul ne se fût douté que la Rome invincible
        A son tour devait succomber,
Que ses prêtres, ses dieux, ses temples, ses oracles,
Par l'effet surprenant du plus grand des miracles,
        Devant la croix devaient tomber.

        .   .   .   .

Les chrétiens s'avançaient deux à deux dans l'arène,
Poussés comme des chiens sous le fouet des licteurs,
Pour le sanglant festin, banquet de chair humaine,
Offert à l'appétit de tous les spectateurs.

Des gradins élevés où le peuple se presse,
Des murmures confus, en flots tumultueux
Grondent d'un bout à l'autre, et l'on entend sans cesse
Des jurons menaçant les martyrs malheureux.
Les tigres, les lions sous les voûtes rugissent,
Mêlant leur cri féroce à celui des Romains ;
Les drapeaux, agités par la brise, frémissent
Et la foule, en courroux, hurle, agite les mains,
Car ce peuple si grand, à la fois si stupide,
Dans sa folie ardente aime les jeux sanglants,
La chair qui se déchire et le flot noir livide
Qui coule sans cesser des membres palpitants.

Ils étaient à genoux et priant dans l'enceinte,
D'un apôtre écoutant les derniers entretiens :
Rassurés par l'élan de sa parole sainte,
Ils attendaient la mort sous le poids des liens.
Au milieu d'eux, debout, le saint vieillard, le prêtre
Qui leur montrait le ciel en un dernier adieu,
Leur disait : « Mes enfants, nous n'avons qu'un seul maître
Qui créa l'univers, et ce maître, c'est Dieu !
Nous sommes les vaincus, mais ayons l'âme forte,
Mourons pour la justice et pour la vérité ;
Avec nous, le devoir sur la crainte l'emporte,
Nous revivrons un jour et pour l'éternité.
Le Christ n'est-il pas mort, se soumettant lui-même
Aux insultes sans nom de tous ses ennemis ?
Il disait : Aimez-vous autant que je vous aime,
Restez aux lois de Dieu fidèles et soumis ;

Il faut que tout s'enchaîne et que tout s'accomplisse ;
Aux peines, croyez-vous les méchants échappés ?
Chrétiens, n'est-ce pas Dieu qui rendra la justice,
Dont la main frappera ceux qui vous ont frappés ?
Enfants, tuer le corps, c'est rendre l'âme libre,
C'est l'envoyer d'avance au séjour éternel ;
Pendant que notre sang coulera dans le Tibre,
Notre âme, d'un coup d'aile ira se perdre au ciel.

Le peuple, impatient, poussait des cris de rage,
Car le peuple est méchant, car le peuple est brutal,
Et ses clameurs montaient ainsi qu'un vent d'orage
Qui brise, détruit tout sous son souffle fatal
Et transforme les champs en d'immenses calvaires.

Alors César, debout, fait un signe ; aussitôt,
Armés de leurs tridents, de nombreux belluaires,
Aux farouches lions ouvrent le noir cachot.
Les fauves, éblouis d'abord par la lumière,
S'avancent tour à tour en des bonds furieux
Qui soulèvent au loin de longs flots de poussière
Et mettent en éveil les regards curieux.
La foule, en les voyant, morne, fanatisée,
Applaudit les lions, ces grands mangeurs de chair ;
Elle frappe des mains et pousse une risée
Dont le bruit insolent vaguement trouble l'air.

Les fauves, affamés, alors se précipitent :
On entend, ô douleur ! un horrible broiement
De tous ces corps meurtris et des os qui crépitent,
Comme un arbre qui tombe en un lourd craquement.
Le sang coule et s'épanche en flaques dégoûtantes,
Hommes, femmes, enfants sont bientôt dévorés
Et les lions, repus, aux narines sanglantes,
Digèrent lentement ces corps défigurés.
Il ne reste plus rien : un membre épars, un crâne,
Quelques lambeaux saignants, reste de leur repas,
Et le peuple idiot s'en retourne et ricane
D'avoir eu pour spectacle un superbe trépas.

Les chrétiens avaient fait leur dernière prière ;
On ferma les lions au fond de leur tanière
Et, sur le Colisée où luisait le soleil,
On lava vainement le sang rouge et vermeil !

A RAYMONDE

Partons vite, le ciel est superbe à l'aurore,
Il fait bon ce matin, la rosée a des pleurs,
La brume, à l'horizon maintenant s'évapore,
Le soleil luit, les champs sont émaillés de fleurs.

Viens, donne-moi la main, chère enfant, ma mignonne,
Prends ton ombrelle bleue et ton joli chapeau ;
Nous ferons une gerbe, un bouquet d'anémone
Et de blancs nénuphars cueillis au bord de l'eau.

Nous étendrons sur l'herbe une serviette blanche
Et nous ferons ensemble un déjeuner frugal ;
Nous nous mettrons tous deux à l'ombre d'une branche,
D'où les oiseaux jaseurs verront notre régal.

Allons, ris d'un bon rire en entr'ouvrant ta bouche,
Laisse voir de tes dents la blancheur de l'émail,
Grimpe sur mes genoux, l'aïeul n'est point farouche,
Je vais d'un vert rameau te faire un éventail.

Chante, ris, ma mignonne, il est des jours moroses
Où plus d'un sombre ennui rôdera près de toi,
Tes doigts se blesseront aux épines des roses,
Mais songe, en priant Dieu, de le prier pour moi.

Apprends dès aujourd'hui ce que c'est que la vie,
Pour la bien parcourir, ton bonheur en dépend ;
Pense à l'aïeul : pourvu que ton cœur ne l'oublie,
S'il garde ton amour, il partira content.

NOS ENNEMIS

A quoi bon écraser un serpent qui se tord,
　　　Râlant son agonie !
Qui donc ose frapper un homme déjà mort
　　　Dont la trame est finie ?

Comme un flot empesté qui se jette à l'égout,
　　　Cachant son onde impure,
Fuyons les gens tarés, fuyons-les de dégoût,
　　　Comme une pourriture.

Laissons-les, autour d'eux, vomir et rejeter
　　　Leur impuissante bave :
Un volcan en courroux ne saurait arrêter
　　　Ni retenir sa lave.

Regardons s'échapper de Rome et de Berlin
    Et fumée et scories ;
A force de cracher, puisse l'esprit malin
    Mourir de ses furies !

Arrachons au dedans aussi bien qu'au dehors
    Les plantes vénéneuses ;
Méfions-nous de ceux qui n'ont que des transports,
    Dans les nuits ténébreuses.

. . . .

Il semble qu'on entend de lointaines rumeurs...
O France ! autour de toi, rôdent les écumeurs.

Ne laissons point glisser parmi nous les couleuvres,
    Leur venin peut salir ;
O France ! tu connais les hommes à leurs œuvres,
    Garde-toi de faiblir !

Ces gens rassasiés de haine et d'imposture,
    Tu les connais enfin ;
Ainsi que des vautours à l'énorme envergure
    Rien n'apaise leur faim.

Il leur faut des honneurs, des places, des largesses,
    Titres et galons d'or,
Et quand ils sont repus de toutes ces richesses,
    Ils en veulent encor.

Ils te baisent les pieds et te gardent rancune,
  Et tu peux bien prévoir
Qu'après avoir vaincu le sort et la fortune,
  Il leur faut le pouvoir.

Tel est leur noir dessein, leur but infâme, inique,
  Briser ton piédestal
Et, sous un choc puissant, tuer la République,
  Dans un assaut brutal.

Ainsi que des lions féroces qu'on musèle
  Pour en faire un trafic,
Je voudrais que l'on puisse, encagés pêle-mêle,
  Les montrer au public...

Et lui dire : voilà les imposteurs, les traîtres,
  Ces vils ambitieux ;
Peuple, il faut te courber devant ces nouveaux maîtres
  Aux fronts audacieux.

Et le peuple, à son tour, dirait : « Je les méprise ;
  Le maître seul, c'est moi !
Rien ne peut m'empêcher de marcher à ma guise,
  Je suis, je fais la loi !

Je combats chaque jour, je lutte pour la vie,
  Le travail est mon lot ;
Et, fier, je sais, malgré la misère et l'envie,
  Retenir un sanglot.

Voilà pourquoi je veux étouffer les reptiles
      Qui rampent à mes pieds,
Et me débarrasser des ronces inutiles
      Et des noirs églantiers.

Pour sauver des tyrans la France notre mère
      Et pour la voir grandir,
Malheur, malheur à moi si je ne suis sévère
      Et me laisse éblouir !

Que Dieu, maître de tout, la protège et la garde,
      Nous lui serons soumis,
Et qu'il soit notre égide et notre sauvegarde
      Contre nos ennemis !

A LA MUSE

O Muse, embarquons-nous: l'onde est pure et tranquille
    Sur le lac argenté ;
Viens, tu dirigeras comme un pilote habilè
    Mon esquif enchanté.

Nous laisserons le vent se jouer dans les voiles
    Au gré des avirons,
Et sous le ciel limpide où dorment les étoiles,
    Tous deux nous chanterons.

O Muse ! n'es-tu pas la divine maîtresse
    Digne de mon amour;
Mon égide, mon bien, ma fée enchanteresse
    Et la nuit et le jour ?

6.

Hélas ! jadis une âme à la mienne enlacée
　　　S'est envolée au ciel :
J'ai vu, depuis ce jour, ma maison délaissée,
　　　Mon vin mêlé de fiel.

Je t'ai trouvée enfin, sur une pierre assise,
　　　Sur le bord du chemin ;
Seule, attendant quelqu'un, souriante, indécise :
　　　Je t'ai donné la main.

Depuis ce jour heureux, tu voulus bien me suivre
　　　Et causer avec moi ;
Depuis ce jour charmant, Muse, je voulus vivre
　　　Et chanter avec toi.

J'ai senti dans mon cœur se réveiller la sève,
　　　Mon cœur mort à moitié,
Et j'ai dit à l'Amour, qui n'était plus qu'un rêve :
　　　J'adore l'Amitié.

J'ai dit : s'il reste encor de beaux jours en ce monde,
　　　Sachons en profiter ;
Grand, petit, jeune ou vieux, faible ou fort, brune ou blonde
　　　Il faudra nous quitter.

Dès lors, d'un mauvais œil je n'ai plus vu les choses ;
　　　De même qu'autrefois,
Mon jardin m'a souri, j'ai pu cueillir des roses,
　　　J'ai pu courir les bois,

J'ai vu que la nature était douce, était bonne
En tout temps, en tout lieu ;
Que tout ce qu'elle enfante et tout ce qu'elle donne
Est un présent de Dieu.

Partons, laissons l'ennui s'endormir sur la grève,
Soyons forts et sereins ;
Surtout, n'attendons pas que l'orage se lève,
Pour nous ceindre les reins.

Mais qu'importent les flots, les vents et la tempête
Aux joyeux passagers !
Un Dieu, tu le sais bien, protège le poète
Contre tous les dangers.

Ensemble nous dirons des strophes énergiques,
Nous dirons de beaux vers ;
Des chants pleins de vigueur, des poèmes épiques :
Nos gloires, nos revers.

Ainsi, nous voguerons sur la mer sans rivages,
Comme des alcyons ;
Malgré les flots jaloux et malgré les orages,
Enfants des passions.

Nous élevant parfois d'une aile vigoureuse
Au sein même des airs,
Pour voir au fond du ciel sortir, majestueuse,
La foudre aux vifs éclairs.

Et puis, nous chanterons la France notre mère
En des rythmes puissants,
Afin que l'univers, qui la craint, la vénère,
Au bruit de nos accents

Entende ainsi vibrer son beau nom jusqu'aux pôles,
Son nom si respecté,
Et nous pourrons mourir sur la terre des Gaules
Avec tranquillité.

RIEN SANS CAUSE

Tout ce qui s'appelle matière,
N'importe le temps et le lieu,
Grain de sable ou grain de poussière,
Tout vient, tout sort des mains de Dieu.

De l'assemblage des atomes
S'élevent des murs de granit,
Les monuments avec leurs dômes
Et la tour qui monte au zénith.

Ainsi le grain imperceptible
Devient un jour l'arbre géant :
Au Créateur, tout est possible,
Rien ne reste dans le néant.

De même les petites causes
Produisent d'immenses effets :
C'est en étudiant les choses
Que nos yeux découvrent les faits.

Les gouttes d'eau font la rivière,
Les fleuves font les océans,
Du soleil jaillit la lumière,
Les laves sortent des volcans.

Le grain que dans la terre on jette
Au fond des sillons va germer,
Car, sans le travail, tout végète :
Pour recueillir, on doit semer.

Des vrais plaisirs naissent les charmes,
L'aurore devance le jour,
Les chagrins arrachent des larmes,
Souvent, d'un regard naît l'amour.

La colère aveugle notre âme
Et met du feu dans nos regards ;
Notre cœur s'éprend et s'enflamme
Aux claquements des étendards.

Un coup de vent soulève l'onde
Et tout navire cherche un port ;
La guerre épouvante le monde,
Le faible est battu par le fort.

Rien, sans raison, ne vient, n'existe,
Nous sommes soumis à des lois
Et nul ici-bas n'y résiste,
Pas plus les peuples que les rois.

Tout se tient : la mort et la vie,
Et tout s'enchaîne au même anneau ;
L'une, hélas ! par l'autre est suivie,
De l'enfance jusqu'au tombeau.

Aimons-nous, bannissons la haine,
Tout peut aisément s'acquérir,
Et puisque rien ne vient sans peine,
Sachons vivre pour bien mourir !

A JOSÉPHIN SOULARY

Ami, depuis le jour où suivant ton cortège,
　　J'allais, triste, comptant mes pas ;
Dans mon deuil je disais : va, qu'un Dieu te protège
　　Dans ta route loin d'ici-bas.

Qu'il épargne à tes pieds les ronces, les épines,
　　Toutes les pierres du chemin ;
Qui sait, s'il n'en est pas au milieu des ruines
　　Où, tous, nous te suivrons demain ?

Doux rêveur, que de fois tu songeais en toi-même
　　A ce si lointain horizon ;
Car il faut tout laisser, tous les biens que l'on aime :
　　Ses dieux, ses livres, sa maison.

Tu regardais souvent du haut de ta demeure,
    Sondant l'affreuse immensité ;
Songeant que dans la vie il est un jour, une heure,
    Où l'on part pour l'éternité.

Pareils à ces flots bleus qui roulent dans la plaine,
    Comme eux, tour à tour nous passons,
Laissant comme un lutteur abattu sur l'arène
    Tous les riens que nous amassons.

Il est dur de quitter le foyer qu'on adore,
    Tous ceux qui nous furent si chers,
Sans savoir si nos yeux, à la nouvelle aurore,
    Verront le ciel ou les enfers.

Ami, nous aurons beau célébrer ta mémoire,
    Tes rares talents, ta vertu,
Sur le bronze et la pierre accentuer ta gloire,
    O poète ! reviendras-tu ?

En vain nous voudrions remuer ta poussière
    Et te ramener parmi nous ;
Quel homme peut fléchir, même par la prière,
    Le destin cruel et jaloux ?

Tout s'effeuille ici-bas, et la vie et les roses,
    Et rien n'est stable, rien n'est sûr ;
Nons tombons emportés ainsi que toutes choses,
    Comme des arbres un fruit mûr.

7

Ami, rassure-toi : malgré l'heure qui passe
　　　Et qui s'envole avec les jours,
Malgré l'aveugle temps devant qui tout s'efface,
　　　Tes œuvres dureront toujours.

La Renommée, enfin, t'emporte sur ses ailes ;
　　　Debout sur son char enchanté,
Tu passes d'un seul trait aux sphères immortelles,
　　　Ton nom, à la postérité !

LE FLEUVE

Souvent je viens m'asseoir sur la rive escarpée
    Où court le flot majestueux,
Où de mille reflets l'onde semble estompée
    Aux couleurs des arcs-en-ciel bleus.

Beau fleuve, d'où viens-tu ? Des plages éternelles,
    Des monts dans les neiges perdus,
Où les nuages seuls traînent leurs longues ailes
    Sur les pics géants et tordus.

Les arbres, inclinés, se penchent sur la rive ;
    Les mouettes vont s'y poser ;
L'hirondelle, en son vol sur l'onde fugitive,
    En passant te donne un baiser.

Torrent d'abord, tu cours ainsi qu'une bacchante
　　En des transports échevelés,
Rejetant le trop plein de ton onde écumante
　　Contre les rocs amoncelés.

Ainsi qu'un beau lion rejetant sa crinière
　　Regarde ses fiers lionceaux,
De torrent, tu deviens une grande rivière
　　Que vont grossir mille ruisseaux.

Après un long trajet, te voilà fleuve immense,
　　Arrosant tes bords enchantés ;
Tu portes la richesse et tu sers de défense
　　Aux bourgs comme aux grandes cités.

Loin des sommets ardus et des hautes montagnes,
　　D'où s'échappe ton flot glacé,
Tu viens fertiliser les plaines, les campagnes,
　　Partout où ton onde a passé.

Mais parfois il te prend des accès de colère,
　　Ainsi qu'un taureau qui mugit ;
Tu gonfles ton échine, et ta vague sévère
　　Monte, se soulève et rugit.

Ou bien, comme un volcan qui rejette ses laves,
　　Plus fort qu'un lion du désert,
En tes fougueux élans, tu brises tes entraves
　　D'un coup de dent de ton flot vert.

Et roulant, furieux, dans la plaine inondée,
        Toits, maisons, tu renverses tout ;
D'épaves et de morts chaque rive est bordée :
        O monstre ! on te fuit de partout.

Lassé de ta fureur, comme un fauve qu'on blesse,
        Soudain tu rentres dans ton lit,
Et vers la mer profonde où tu coules sans cesse,
        Tu vas te perdre et tout est dit.

Pareils au fleuve bleu qui dans la mer se jette,
        Dans son cours sans cesse entraîné,
Sans cesse nous fuyons, battus par la tempête,
        Comme un débris abandonné.

L'enfant monte, grandit et puis il devient homme,
        Plein d'amour, de joie et d'orgueil,
Et qu'il soit de Paris, de Berlin ou de Rome,
        Il marche et ne voit point l'écueil.

Il marche devant lui, cherchant gloire et fortune,
        Déchirant ses pieds et ses mains,
Sans peur, sans s'émouvoir de ce qui l'importune,
        Il marche au hasard des chemins.

S'il parvient au sommet, orgueilleux, il admire
        A ses pieds le bel univers ;
Mais devant lui, déjà le bonheur se retire
        Et voilà l'heure des revers.

Bientôt va commencer la descente fatale
     Où trébuche le voyageur ;
Les soucis, les chagrins et tout l'affreux dédale
     Où va se briser notre cœur.

Notre corps, cette chair si vivante et si belle,
     Ce cœur ardent et plein de feu,
Tout cela va finir, hélas ! douleur cruelle !
     Et l'on dit qu'il existe un Dieu !

Mais, Seigneur, dis-moi donc quel chemin je dois suivre,
     Dirige toi-même mes pas ;
Je sais bien que je vis, te demandé-je à vivre ?
     Tu ne m'offres que le trépas.

Faut-il donc te vouer une haine éternelle ?
     Dieu, serais-tu mon assassin ?
Oh ! pardonne ce mot, mon âme est immortelle
     Et va retourner dans ton sein.

Dans le vaste océan, fin des choses dernières,
     Où tous nous allons tous les jours,
Rends les sens à nos corps, la vie à nos poussières,
     Afin que nous t'aimions toujours !

Afin que nous aimions tous ceux qui nous aimèrent,
     Tous ceux que nous avons aimés,
Les amis dont les yeux avant nous se fermèrent
     Et que la mort a réclamés.

Qu'importe de mourir, si mourir c'est revivre
        Pour se retrouver, se revoir !
Si l'âme, libre et fière, en partant nous délivre,
        Si la mort nous laisse l'espoir.

Suivons donc sans faiblir le fleuve de la vie,
        Sachons diriger notre esquif ;
Si le ciel est serein, si le vent nous convie,
        Suivons des yeux notre objectif :

Afin qu'avec honneur, marchant à pleines voiles,
        Nous arrivions vers l'autre bord ;
Là-bas à l'horizon, guidés par les étoiles,
        Nous entrerons tous dans le port.

A MON AMI PHILIBERT B...

Frère, avez-vous compris ce que c'est que l'espace,
Que le vide infini, la noire immensité
Où tout s'en va, se perd, se confond et s'efface,
Ainsi qu'au fond du ciel un atome emporté ?

Expliquez ce problème : ici tout vient, tout passe,
Le bonheur, les plaisirs, jeunesse, amour, beauté ;
Après un siècle ou deux, on cherche en vain la trace
De tout ce qui s'appelle orgueil ou vanité.

Rien ne reste, ô douleur ! de tout ce qu'on possède,
Et la mort menaçante est là qui nous obsède,
Et sans cesse nous pique avec son aiguillon.

Mais qu'importe ! pourvu que notre âme immortelle
Aille au loin découvrir une aurore nouvelle
Et laisse notre corps dormir dans un sillon !

LA FIN D'UN SIÈCLE

Un siècle, c'est bien long, cent ans c'est peu de chose,
Quand on jette un regard, quand l'esprit se repose
    Et contemple ému le passé ;
Car pendant ces cent ans, si l'histoire les fouille,
Que de noms, que de morts enfouis sous la rouille
    D'un tombeau vide et délaissé !

Oh ! que d'évènements, de guerres inutiles,
Que de sceptres brisés, que de trônes fragiles
    Broyés, perdus, anéantis !
Que de malheurs sans nom, que de haines, de crimes,
Que d'hommes confondus, jetés dans les abîmes
    Creusés par la main des partis !

Quatre-vingt-neuf surgit : la Liberté naissante
Sur l'Europe étourdie et toujours menaçante,
    Apportait son divin flambeau ;
La France, épanouie en voyant l'étincelle,
Reprit à sa chaleur une vigueur nouvelle
    Qui rajeunissait son cerveau.

Je ne dis point les noms de toutes les batailles,
Ni des héros, auteurs de tant de funérailles,
    Lugubres fêtes de la mort ;
Ces noms, on les connaît, ces noms, je veux les taire
Pour ne point réveiller la cendre funéraire
    Qui, depuis près d'un siècle, dort.

Quand les peuples lassés, de tout se désespèrent,
Du sang dont les sillons bien longtemps s'inondèrent,
    Alors quelque chose surgit...
A travers les rayons d'une nouvelle aurore,
La sainte Liberté, qui sommeillait encore,
    Se leva fière et tressaillit.

Par delà l'Océan et les flots Atlantiques,
Loin de nous, avec nous naissaient des Républiques,
    A nos cris, à notre réveil :
Ces grandes nations, si longtemps bâillonnées,
Tout en brisant leurs fers furent fort étonnées
    De voir luire un autre soleil.

Comme un astre divin porte au loin la lumière,
Sa sublime lueur gagna la terre entière,
  Montrant à tous la verité ;
L'homme eut bientôt compris que tout devait renaître,
Que d'esclave il allait redevenir son maître,
  Lui, le pauvre persécuté.

Souvent l'astre, caché par un épais nuage,
A cessé bien des ans d'éclairer son visage ;
  Alors, dans l'horreur de la nuit,
Parfois en se guidant il a perdu sa route
Et, pour la retrouver, que de peine il en coûte
  Quand la détresse nous poursuit !

L'homme était jusqu'alors plongé dans la misère
De l'esprit et du corps ; maintenant il espère,
  Ayant recouvré la raison,
Et, refoulant du pied l'erreur et le mensonge,
Il écrase le ver qui travaille et qui ronge
  Les fondements de sa maison.

Reprenant ses travaux et les exploits d'Hercule,
Le Progrès marchera, jamais il ne recule,
  Dût-il s'arrêter en chemin ;
Il se repose un jour, ainsi qu'un beau navire
Qui prend la haute mer dès que le vent l'attire,
  Sans s'effrayer du lendemain.

Et ce siècle eut sa joie et ce siècle eut ses fêtes.
Il put se réjouir de toutes ses conquêtes,
   Filles des révolutions ;
Et la France, voyant agrandir son domaine,
Put mettre sur son front des couronnes de chêne
   Conquises sur les nations.

Car la France fut grande à cette heure suprême,
Seule, elle avait trouvé, résolu le problème
   Qu'elle cherchait depuis longtemps ;
Elle avait arraché son peuple de l'ornière
Et, de l'ombre, elle avait dégagé la lumière
   Par des principes éclatants.

Laissons donc dans l'oubli certains noms de l'Histoire :
Les rois, les empereurs, de fatale mémoire,
   Qui depuis un siècle ont vécu ;
Bonaparte, Bourbons, ou d'Orléans, tout passe,
Mais la Liberté vit et rayonne à leur place,
   Car elle seule a tout vaincu.

Comme un mont de granit tranquille sur sa base
Efface les coteaux que son sommet écrase
   Du poids de son immensité,
Tel s'élève au-dessus de l'Europe actuelle,
Le front majestueux de la France immortelle,
   Mère de toute liberté.

Rendons au siècle mort l'hommage qu'il mérite,
Après cent ans, avec le nôtre il ressuscite,
      Dans ses œuvres vivant encor ;
Tout ce qu'il a semé monte, germe et prospère,
Car on sait, Liberté, que tout se régénère
      Sous le feu de tes rayons d'or.

Nos pères les géants, nos vieux pères de France,
Ont remué la terre et jeté la semence :
      Ce fut leur tribut, leur rançon,
Et nous, un siècle après, fiers de cet héritage,
Nous avons entre nous commencé le partage,
      Tout préparé pour la moisson.

Des rives de la Seine aux pieds des Pyrénées,
Des bords de l'Océan aux Alpes étonnées,
      Tout un peuple est régénéré ;
Il attendit longtemps les jours de délivrance,
Mentor des nations, à leur tête il s'élance
      Tenant haut l'étendard sacré.

Ainsi qu'à Rome, ainsi que dans la Grèce antique,
La vieille Gaule voit fleurir la République,
      Renouvelée après cent ans :
La France, désormais, marche sous son égide,
En elle, comme en Dieu notre salut réside :
      Malheur, malheur aux mécontents !

L'AME ET LE CORPS

Deux choses sont en nous : l'esprit et la matière,
    Le maître, quel est-il ?
Celui qui meurt un jour et qui tombe en poussière,
    Ou bien l'être subtil ?

Moi qui pense, je dis que l'homme est un mystère,
    Qu'il soit faible ou viril,
Et que le corps n'est rien et l'âme une chimère,
    Atome et grain de mil.

Naître, monter, grandir, hélas ! pour redescendre,
Pourquoi faire, grand Dieu ! Qu'avons-nous à prétendre
    Si la mort est au bout ?

Nul ne peut débrouiller cet horrible problème,
Nul ne peut l'expliquer, et je cherche en moi-même :
    Vide et néant partout !...

AUJOURD'HUI ET DEMAIN

Sur un sombre volcan, l'univers est assis ;
Dans les airs embrasés la tempête menace,
De l'aurore au couchant les peuples indécis
     Se lèvent fiers et pleins d'audace.
On dirait qu'on entend de sourds frémissements
     Dans les profondeurs de la terre,
Et dans le ciel immense où rugit le tonnerre
     Courent d'énormes grondements.

     D'où viennent ces cris de colère ?
Sur leur base d'airain les trônes ont tremblé ;
Partout le travailleur, ce centaure accablé,
Ose se retourner sur son lit de misère.
Dans les bourgs, les cités, un amas de rumeurs
     Ainsi qu'un bruit confus s'élève ;
     O rois ! vous êtes les semeurs
     Qui font germer la haine qui se lève !

A la lutte, préparez-vous !
Bientôt va se livrer la pire des batailles,
C'est que le peuple sent remuer ses entrailles
    Et son cœur frémir de courroux.
    Rois puissants, venez à son aide,
Depuis quatre mille ans il traîne son fardeau,
Vous avez dans les mains, vous avez le remède,
    Et lui n'entrevoit qu'un tombeau.

Lui seul peut, des destins, déranger l'harmonie,
    Car il souffre et ne meurt jamais ;
    Empêcherez-vous désormais
    Le réveil de son agonie ?
    Demain, savez-vous ce qui va surgir ?
Car entre vous et lui persiste la discorde.
Qui donc peut arrêter un torrent qui déborde
Ou dire à l'Océan de cesser de mugir,
Au pauvre, de ne point crier miséricorde,
    Au lion de ne pas rugir ?

Les hommes sont égaux, c'est la loi naturelle
Et chacun veut avoir son rayon de soleil,
Sa goutte d'eau, son pain, ses heures de sommeil.
Le travailleur, après sa tâche habituelle,
Dans son verre, aime à boire un vin rouge et vermeil.
    Au banquet de la vie,
Tout mortel, ici-bas, a le droit de s'asseoir,
    Artisan qui fais ton devoir,
    Nul au festin ne te convie !

Pionnier farouche et vainqueur,
Que tu sois de Paris, de Berlin ou de Rome,
Sens-tu monter le sang de tes veines au cœur,
　　Esclave tout à coup fait homme ?
Depuis que la lumière a dessillé tes yeux,
　　Depuis que la clarté t'inonde,
　　Tu dis en regardant les cieux :
　　Le soleil luit pour tout le monde !

　　A l'aide de tes bras puissants
　　Tu fais et défais les empires :
　　Les rois tremblent quand tu respires
Et se cachent de peur, au bruit de tes accents.
Rien ne se fait sans toi dans les deux hémisphères,
　　Car ton ombre s'étend partout ;
Esclave, tu n'es rien, et libre, tu peux tout,
　　Et pourtant tu te désespères.

　　Tout finit : tu ne meurs jamais ;
　　Comme un grain qui se renouvelle,
Dans l'univers entier sans cesse tu renais
Ainsi que la lumière au choc d'une étincelle.
Les rois s'en vont, couverts de leur dernier linceul,
　　Pleurant un trône qui s'écroule,
Sur l'océan du monde où vient battre la houle,
Sur la grève, debout, géant, tu restes seul,
　　Regardant le flot qui s'écoule.

Et tu dis : j'ai souffert pendant quatre mille ans
        Sans oser relever la tête,
J'ai dû courber le front, j'ai vu saigner mes flancs
        Au grand souffle de la tempête ;
Aujourd'hui, la lumière éclaire ma raison,
        Dans mon sein la clarté pénètre,
Je marche libre et fier, n'ayant que Dieu pour maître,
Et j'ose avec orgueil contempler l'horizon :

Les mortels sont issus d'une même origine,
        L'homme est le roi de l'univers,
La vieille humanité lentement s'achemine
        A faire oublier ses travers,
        Afin qu'au bruit des farouches murmures,
        Au choc des trônes culbutés
Dans les effondrements des batailles futures,
Surgissent du chaos toutes ses libertés.

Regardant l'avenir sous sa forme nouvelle,
Français, Russes, Anglais, Allemands et Romains,
Pour cimenter entre eux l'alliance éternelle,
        Vont un jour se tendre les mains,
Pour que, sur ses essieux, le bronze se repose,
        Et que sur la Seine ou le Rhin
        On n'entende jamais gronder l'airain :
        Peuples, quelle métamorphose !

Oui, les peuples vont s'éveiller,
Luttant d'ardeur et de génie ;
A la sublime et commune harmonie,
Il n'est que temps de travailler.
Aimez-vous, a dit le divin apôtre,
Plantez l'étendard de paix et d'amour !
Nos enfants le verront un jour,
Ainsi qu'un labarum, flotter d'un pôle à l'autre.

EXTASE

Transporté dans un rêve au pays du soleil,
J'ai vu dans mon esprit de merveilleuses choses,
Comme à travers un prisme en leurs métamorphoses,
Les atomes ailés dans un rayon vermeil.

Ainsi qu'une oasis où fleurissent les roses,
Le chant des bengalis égayait mon sommeil,
Et sous des palmiers verts, des lilas blancs et roses,
J'ai cru, du Paradis, entrevoir l'appareil.

Non, tout n'est ici-bas qu'illusion, chimère !
Sans cesse l'on poursuit le bonheur qu'on espère,
Croyant trouver le vrai dans l'idéalité.

En ce monde tout meurt, la vie est comme un rêve
Où le rideau souvent s'abaisse et se relève
Sur l'horizon sans fin de la réalité.

SURSUM CORDA !

Allons, mon âme, prends tes ailes,
Ce monde n'est pas fait nous ;
Vers les demeures éternelles,
Allons aux conquêtes nouvelles
Où les hommes aspirent tous !

Ici, pourquoi rester encore ?
Partons, chacun part à son tour ;
A quoi bon attendre l'aurore
Si l'heure que le temps dévore
Doit m'emporter avec le jour !

Partons loin de ces lieux funèbres,
Tout finit, amour et beauté ;
Les choses, les hommes célèbres
Disparaissent dans les ténèbres :
Tout passe, moins la vérité.

La vérité, chose sublime,
S'élève au-dessus du chaos,
Elle ne connaît pas l'abîme
Où l'on nous jette de la cime,
Dans un immuable repos.

Elevons notre cœur, notre âme,
Au-dessus des adversités ;
Gardons l'amour, divine flamme,
Jusqu'à l'heure où se rompt la trame
Des jours qui nous furent comptés.

Le bonheur n'est pas sur la terre,
A moins que l'on ne s'aime un peu,
Et le sage le plus austère
Rêve, en son cœur, de ce mystère
Qui seul le rapproche de Dieu.

Aimons-nous, c'est toute la vie,
C'est le bonheur et c'est l'espoir ;
Sans l'amour, tout n'est que folie :
Chagrins, tristesse, noire envie
Où l'on tombe sans le vouloir !

L'amour, c'est le divin poème
Où chacun de nous est acteur ;
Et, pour terminer le problème,
Chacun recueille ce qu'il sème
Dans son travail procréateur.

Aimons la France notre mère,
Si fière de tous ses enfants !
Chez elle tout se régénère,
Tout se relève et tout prospère,
Fruit de ses efforts triomphants.

Tout est créé par la nature,
Aimons-nous pour créer un jour ;
Sans l'amour, rien n'est, rien ne dure,
Le bonheur par lui se mesure,
Nul ne peut être sans l'amour.

Allons, mon âme, prends tes ailes,
Ce monde n'est pas fait pour nous ;
Vers les demeures éternelles,
Allons aux conquêtes nouvelles
Où les hommes aspirent tous !·

DANS UNE ÉGLISE

Un jour qu'un sombre ennui me tenait accablé,
Que mon âme était lasse et mon esprit troublé,
Errant par les chemins, j'entrai dans une église ;
La lumière éclairait, vacillante, indécise :
Aux cintres de granit des vastes chapiteaux,
La clarté réflétait les dessins des vitraux ;
Sur les fûts allongés où le rayon s'amuse
La lueur s'épanchait, chatoyante et diffuse.
Dans leur niche de pierre où le jour vient mourir,
Les saints au front penché, là-haut semblent dormir,
Et la Madone, aux bras abaissés vers la terre,
Des suppliants a l'air d'être la mandataire.

J'éprouvais dans mon cœur à ce charmant aspect
Un sentiment mêlé de crainte et de respect.
Près de l'autel sacré d'une étroite chapelle,
Gardé par deux flambeaux à la pâle étincelle,
Brillait la lampe d'or en forme d'encensoir,
Parmi les ex-voto qu'à la voûte on peut voir.

Tout était solennel, du sommet à la base,
Et je restais surpris et comme dans l'extase.
Des parfums s'échappaient d'un vase plein d'encens,
Le chœur psalmodiait de lugubres accents
Et les cloches sonnaient à toutes envolées.
Je vis des jeunes gens et des filles voilées
Qui s'avançaient, portant des vêtements de deuil,
Et d'autres qui pleuraient entourant un cercueil ;
Des couronnes de fleurs ornaient l'étroite bière
Où dormait un enfant, et le prêtre en prière
Murmurait lentement la dernière oraison,
Avant qu'on l'enfermât dans la noire maison
Où les petits, les grands, n'importe l'origine,
Vont chercher le repos que la mort leur destine.

On pleurait ; le convoi s'éloigna lentement
Et les cloches là-haut sonnaient plus doucement,
Car on n'entendait plus que leurs plaintifs murmures.
Mais déjà dans le chœur tout orné de tentures
Des hommes arrangeaient soit un banc, un fauteuil,
Et couvraient de tapis le parvis jusqu'au seuil.

8

L'œil n'apercevait plus que des fleurs et des roses,
Je me disais : pourquoi donc ces métamorphoses ?
C'était comme au théâtre : on changeait de décor,
On dressait sur l'autel de beaux chandeliers d'or,
Les encensoirs fumaient le cinname et la myrrhe,
Tout semblait prendre un air de fête et de sourire.
Le prêtre, sur son front mettant les saints bandeaux,
S'avançait lentement, précédé des flambeaux.
Soudain un bruit confus s'élève dans la foule :
Un cortège nombreux s'avance et se déroule,
La porte de l'église, ouverte à deux battants,
Laisse entasser le flot parmi les arcs-boutants ;
L'orgue chante à son tour la joyeuse fanfare
Et, dans la nef, le son mélodieux s'égare ;
Moi-même, en entendant les superbes accords,
Aux charmes du concert je mêle mes transports.

Après les pleurs, la joie, après la joie, une ombre
Qui trouble un jour serein et rend notre cœur sombre ;
De même, après la nuit, l'aurore au front vermeil.
Comme après un orage un rayon de soleil.

Alors, je vis passer avec sa robe blanche
Où couraient en festons des fleurs jusqu'à la hanche,
Une vierge appuyée au bras d'un beau garçon ;
Et je sentis en moi comme un vague frisson
Quand je les vis bénir sous l'étole sacrée,
Echangeant leurs anneaux et mêlant leur livrée,

Prononçant à voix basse, au pied du saint autel,
De l'intime union le serment solennel.
Je me souvins alors de mes jeunes années
Dans l'éternelle nuit tour à tour entraînées,
Je songeai qu'autrefois, ô souvenir charmant !
Dans un temple, j'avais fait le même serment,
Que j'avais du bonheur soulevé tous les voiles,
Que mon ciel était pur et parsemé d'étoiles,
Qu'en échange d'un cœur j'avais donné le mien
Et qu'à cette heure, hélas ! il ne me restait rien !...

Je regardai passer tous ces gens dans la joie,
Les manteaux, les habits et les robes de soie,
Et, sombre dans mon coin, je demeurai rêveur,
Triste, ennuyé, pensif, accablé de langueur.
Voilà donc ce que sont les choses de ce monde :
Un dédale, un chaos, déception profonde,
Où bonheurs et plaisirs n'ont qu'une heure, qu'un jour.
A peine a-t-on le temps de dire un chant d'amour
Et de vider la coupe où notre cœur s'enivre,
D'aimer et d'être aimé, de sentir qu'on veut vivre,
Et fût-on riche ou pauvre, ignorant ou savant,
Il faut tomber, hélas ! au moindre coup de vent.
Car ici tout s'effeuille, et la vie et les roses,
Et nul, de son destin, ne peut sonder les causes.
Comment donc éviter les pierres du chemin,
Si nous ignorons tous ce que sera demain ?

Si je n'avais en Dieu placé ma confiance,
Si je n'avais la foi, la crainte et l'espérance,
Mêlant le bien, le mal, dans mon cœur abattu,
J'estimerais le vice autant que la vertu ;
Je dirais que l'amour est une chose infâme,
Que c'est un crime affreux que d'aimer une femme,
Qu'on peut tuer son père et renier son fils,
Qu'on peut voler, mentir et trahir son pays,
Qu'on peut tout renier, l'amitié la plus sainte,
Des hommes et de Dieu n'avoir aucune crainte...

Mille fois non, Seigneur ! ce n'est pas le moyen
De vivre et de mourir comme un bon citoyen ;
Cette aberration serait de la folie
Et ce n'est pas ainsi que je comprends la vie.
Dieu nous a tout donné : l'homme devrait savoir
Jouir de ses faveurs en faisant son devoir.
Comme le Christ, jadis, l'a dit à ses apôtres,
Sachons donc nous aimer toujours les uns les autres ;
Aimons surtout la France et tout nous reviendra,
Car ce qu'elle a perdu, Dieu bon le lui rendra ;
En dépit des Germains, en dépit de la haine,
Un jour il nous rendra l'Alsace et la Lorraine.

Du temple, je sortis content et rassuré,
Ayant fait dans mon cœur ce vœu noble et sacré,
Suprême espoir qu'avant de quitter cette terre,
Dieu serait assez bon d'exaucer ma prière !

LES OISEAUX DE PROIE

Avez-vous vu passer parfois dans les nuages,
Défiant la tempête et bravant les orages,
    Des vautours nombreux rassemblés,
Tournoyant dans les airs, fixant d'un air d'envie
Les oisillons d'en bas, ces charmeurs de la vie,
    Inoffensifs chanteurs ailés ?

Sur les rocs de granit où le regard se noie,
Amis, avez-vous vu l'aigle guettant sa proie,
    Ce tyran despote et cruel ;
Il contemple de haut son immense domaine,
Disant : tout est à moi, ce qui vit dans la plaine
    Et ce qui monte vers le ciel.

8.

Enfin, avez-vous vu planant à tire d'ailes,
Cherchant dans les sillons des victimes nouvelles,
        Les faucons et les éperviers ?
Il faut à ces rôdeurs de la chair morte ou vive,
Il faut, devant le fort, que le faible s'esquive,
        Ou gare les coups meurtriers !

De même, de nos jours, combien d'hommes sinistres
Qui menacent l'Etat, renversent les ministres,
        Quémandeurs toujours affamés,
Ainsi que des serpents se glissent dans les ombres,
Méditant des projets audacieux et sombres
        Dans leurs cœurs, de rage enflammés.

Ils n'ont d'autres soucis, d'autre rêve suprême
Que l'égoïste amour que l'on a pour soi-même :
        Les places, les honneurs, l'argent ;
Ils n'ont qu'un but, un seul : le pouvoir, être maîtres,
Et ne sont après tout que des lâches, des traîtres !
        Le mot est encore indulgent.

Qu'importe que la France endure le martyre,
Que Paris les réprouve et que le peuple aspire
        A des jours calmes et meilleurs !
Ils sont comme un bélier que quelque mouche pique,
Et, de leurs fronts pesants, heurtent la République
        Qui se rit de ces batailleurs.

Ils ont l'esprit pervers et leur âme est tarée,
Ah ! comme ils seraient tous ardents à la curée,
  Tous ces faiseurs de beaux serments,
Si, sur le piédestal où la France est assise,
Ils la voyaient un jour moins forte et compromise
  Par tous leurs avilissements.

Ainsi qu'un fier vaisseau surpris par la tempête,
Qui vogue dans la nuit sans que rien ne l'arrête,
  Poussé contre un fatal écueil ;
Eux, ils marchent sans voir les récifs, les abîmes...
Si nous n'étions prudents, nous serions leurs victimes,
  Et la patrie encore en deuil.

Tout se relève enfin, et le peuple et l'armée,
Comme un arbre au printemps, la France est transformée
  Et sans orgueil lève son front ;
Elle voit à ses pieds, des nains, la fourmilière :
Ils se tordent jaloux dans l'ombre et la poussière
  Et tous dévorent leur affront.

Comme une tour de fer, sur sa base tranquille,
S'élève par degrés au-dessus de la ville,
  Dominant tout de sa hauteur,
De même notre France, étonnante merveille,
Contemple l'horizon que son regard surveille,
  Sans orgueil, sans crainte, sans peur.

Elle se tient debout, sur sa lance appuyée,
Ainsi qu'un homme fier de son arme rayée,
      Ce terrible engin des soldats ;
Elle adore la paix et n'attaque personne,
Mais, armée, elle attend, et si le clairon sonne
      Elle est toujours prête aux combats.

O France ! attends encor, porte au loin ta lumière,
Laisse tes détracteurs se rouler dans l'ornière
      Ou s'élever sur leurs talons !
Ils ne t'atteindront pas ; tu marches, fier centaure,
Faisant flotter partout le drapeau tricolore
      Qui claque au vent des aquilons !

TABLE DES MATIÈRES

LES LILAS — IMPRIMERIE DE LA PROVINCE

11, rue Chassagnolle, 11

DU MÊME AUTEUR :

Les Chants de la veillée, poésies, 1888.

Les Chants du Centenaire, poésies, 1889.

Une bataille dans les airs, poésie, 1889.

Les Catilinaires, satires, 1889.

Les Chants gaulois, poésies, 1890.

Le Deux décembre 1851, drame en un acte, 1890.

Les Chants du foyer, poésies, 1890.

Les Gracques, tragédie en 5 actes, en vers, 1891.

Vercingétorix,   »   »   »   1892.

www.ingramcontent.com/pod-product-compliance
Lightning Source LLC
Chambersburg PA
CBHW051151260626
47170CB00005B/2063